瑞蘭國際

瑞蘭國際

AMIGO
西班牙語

Español Lengua Extranjera

A2

José Gerardo Li Chan（李文康） 著
Esteban Huang Chen（黃國祥） 譯

Prefacio 序言

《AMIGO 西班牙語 A2 Español Lengua Extranjera》

恭喜您！當您打開這本書開始學習西班牙語時，代表您已經具備西班牙語 A1 程度的能力，並準備邁入西班牙語 A2 程度的學習階段了。

《**AMIGO** 西班牙語 **A1 Español Lengua Extranjera**》出版後，獲得眾多西班牙語學習者熱烈好評，激發許多學生學習西班牙語的熱情與活力。為了提供學生學習進階西班牙語的教材，結合作者多年教學經驗，隆重推出第二冊《**AMIGO** 西班牙語 **A2 Español Lengua Extranjera**》。

《**AMIGO** 西班牙語 **A2 Español Lengua Extranjera**》按照歐洲共同語言標準（The Common European Framework of Reference for Languages）的 A2 等級編寫，帶領您能在不同社交場合中正確接受並傳遞溝通訊息、可以開始和維持一段對話與人交流，並能正確理解各種短文的內容意義。

本書共有 12 個單元，全書整體學習目標如下：

1. 學習本位：專為臺灣學習者設計，帶領您輕鬆活潑地學習西班牙語。

2. 文法解析：清晰易懂的表格說明，教導您一步步掌握西班牙語文法。

3. 對話表達：豐富充足的主題對話，幫助您在日常生活中理解及運用。

4. 情境溝通：多達三十種情境會話，協助您有能力參與各種社交活動。

5. 短文理解：各類型常見書面文本，引領您正確理解廣告文宣和表單。

6. 文化學習：從基本資訊到旅遊景點，陪伴您深入認識西班牙語世界。

7. 多元西語：提供數位西語朗讀音檔，帶著您區辨不同的腔調和發音。

8. 語言檢定：融入 DELE 測驗及題型，引導您循序漸進準備語言檢定。

每單元都從實際溝通情境開始，透過單字和文法的理解、不同狀況的會話運用，更進一步認識西語國家。保證全面提升口語、聽力、閱讀和寫作的進階西班牙語能力。

《AMIGO 西班牙語 A2 Español Lengua Extranjera》編寫特色如下：

特色 1：「¡A entender la gramática! 西語文法，一學就懂！」以清晰簡明的方式說明文法規則，讓您快速理解文法架構。搭配相關句型和例句一起運用，學習效果快又佳。

特色 2：「¡A aprender! 西語句型，一用就會！」精選各種場合所需的生活化西班牙語句型和詞彙，幫助您在不同場合都能說出一口道地正確的西班牙語。

特色 3：「¡A practicar! 西語口語，一說就通！」設計各類真實生活場景的對話，幫助您正確了解對方表達的意思，並能用西班牙語表達自己的想法和意見。

特色 4：「¡Vamos a preparar el DELE! 一起來準備 DELE 吧！」DELE 單元提供符合語言檢定測驗方式的內容，幫助您通曉語言檢定要點。

特色 5：「¡Vamos a escribir! 一起來寫西語吧！」每單元設計多樣化的練習題，包含完成句子、聽力練習、閱讀各種廣告、看圖回答問題、看圖編寫短文、訪談問答等題型，讓您隨時檢核學習歷程和成果。根據 DELE 設計的練習題，讓您一步步熟稔語言檢定題型。

特色 6：「¡Vamos a conversar! 一起來說西語吧！」每單元結束前，按照該單元主題提供一則會話，將該單元主要文法、單字和句型，通通融會貫通其中。

特色 7：「¡Vamos a viajar! 一起去旅行吧！」透過國家基本資訊和著名旅遊景點介紹，帶著您認識西語系國家。

特色 8：全書內容皆由西班牙語母語人士，同時也是在臺灣執教多年的專業西班牙語教師，以正常語速錄製 MP3。搭配 QR Code，讓您沉浸在西班牙語環境裡，同時聽懂不同口音的西班牙語。

特色 9：同時呈現西班牙和中南美洲兩大地區的西班牙語說法和用語，讓您一書在手，不論跟哪個地區的西班牙語母語人士交談，都能輕鬆溝通無阻礙。

學習西班牙語讓我們可以接觸嶄新的世界，不管是閱讀西語國家的書籍雜誌、網路資訊、電影戲劇、音樂廣播，甚至是到西語國家旅行生活、品嚐道地佳餚，都能讓我們沈浸在西班牙語環境中，體驗更真切的情緒感受。您也會發現，原來開口說西班牙語跟

他人溝通，是件自然且容易的事。

邀請您，跟著《**AMIGO 西班牙語 A2　Español Lengua Extranjera**》，開心快樂的學習西班牙語，遨遊在寬闊多元的西班牙語世界裡，讓生活增添更多熱情洋溢的西語風情。

讓我們一起

¡Goza la vida!（享受人生！）

José Li

Esteban Huang

¿Cómo es AMIGO 西班牙語 A2？如何使用本書

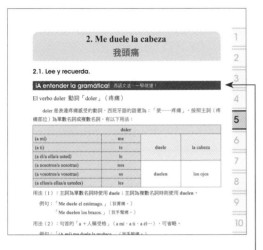

「¡A entender la gramática! 西語文法，一學就懂！」

以清晰簡明的方式說明文法規則，讓您快速理解文法架構。搭配相關句型和例句一起運用，學習效果快又佳。

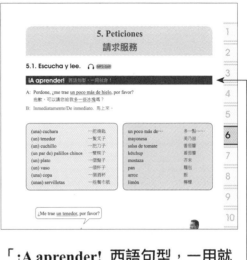

「¡A aprender! 西語句型，一用就會！」

精選各種場合所需的生活化西班牙語句型和詞彙，幫助您在不同場合都能說出一口道地正確的西班牙語。

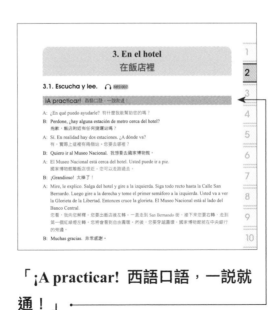

「¡A practicar! 西語口語，一說就通！」

設計各類真實生活場景的對話，幫助您正確了解對方表達的意思，並能用西班牙語表達自己的想法和意見。

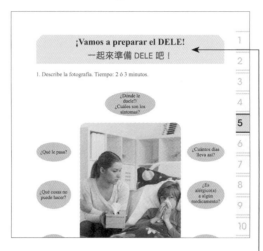

「¡Vamos a preparar el DELE! 一起來準備 DELE 吧！」

DELE 單元提供符合語言檢定測驗方式的內容，幫助您通曉語言檢定要點。

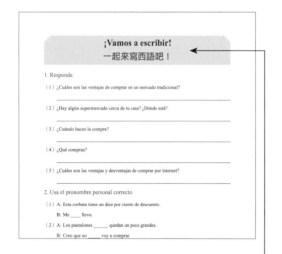

「¡Vamos a escribir! 一起來寫西語吧！」

每單元設計多樣化的練習題（完成句子、聽力練習、閱讀廣告、看圖回答問題、看圖寫短文、訪談問答等），讓您隨時檢核學習歷程和成果。根據 DELE 設計的練習題，讓您一步步熟稔語言檢定題型。

「¡Vamos a conversar! 一起來說西語吧！」

每單元結束前，按照該單元主題提供一則會話，將該單元主要文法、單字和句型，通通融會貫通其中。

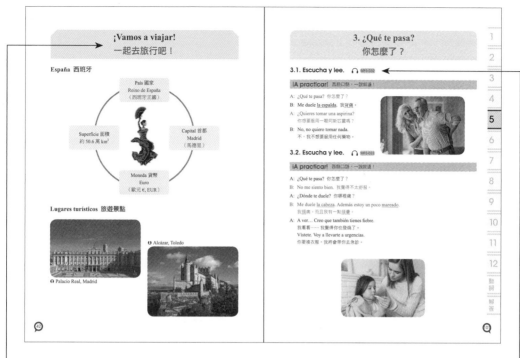

「¡Vamos a viajar! 一起去旅行吧！」

透過國家基本資訊和著名旅遊景點介紹，帶著您認識西語系國家。

由專業西班牙語教師以正常語速錄製 MP3

搭配 QR Code，讓您沉浸在西班牙語環境裡，同時聽懂不同口音的西班牙語。

　　本書同時呈現西班牙和中南美洲兩大地區的西班牙語説法和用語，讓您一書在手，不論跟哪個地區的西班牙語母語人士交談，都能輕鬆溝通無阻礙。

如何掃描 QR Code 下載音檔

1. 以手機內建的相機或是掃描 QR Code 的 App 掃描封面的 QR Code。
2. 點選「雲端硬碟」的連結之後，進入音檔清單畫面，接著點選畫面右上角的「三個點」。
3. 點選「新增至「已加星號」專區」一欄，星星即會變成黃色或黑色，代表加入成功。
4. 開啟電腦，打開您的「雲端硬碟」網頁，點選左側欄位的「已加星號」。
5. 選擇該音檔資料夾，點滑鼠右鍵，選擇「下載」，即可將音檔存入電腦。

Índice de contenidos 目次

Comunicación 溝通	**Gramática** 文法

Comunicación 溝通	**Gramática** 文法

Comunicación 溝通	**Gramática** 文法

Lección 5 En el hospital 在醫院 ....

En tu piso 在公寓

- ◆ Preguntar por el estado físico
  詢問他人的生理狀態
- ◆ Decir donde le duele
  描述哪裡痛
- ◆ Ofrecer cosas y aceptarlas o rechazarlas
  提供東西與接受或拒絕

En el hospital 在醫院

- ◆ Explicar al médico los síntomas
  向醫生說明症狀
- ◆ Entender las instrucciones del médico y la enfermera
  了解醫生或護士的指示
- ◆ Hablar sobre los tipos de medicamentos
  談論不同種類的藥物
- ◆ Entender la forma de administración de los medicamentos
  了解如何服用藥物
- ◆ Informar sobre alergias
  告知過敏
- ◆ Comprender los consejos del médico
  了解醫囑

- ◆ Presente de indicativo: verbos regulares e irregulares
  陳述式現在時：規則與不規則動詞
- ◆ Imperativo afirmativo: verbos regulares e irregulars
  肯定命令式：規則與不規則動詞
- ◆ Imperativo negativo: verbos regulares e irregulars
  否定命令式：規則與不規則動詞
- ◆ Verbo doler
  動詞 doler（疼痛）
- ◆ Verbo encontrar
  動詞 encontrar（找到 / 存在於）
- ◆ Verbo abrir
  動詞 abrir（打開 / 開始營業）
- ◆ Verbo cerrar
  動詞 cerrar（關 / 關門 / 不營業）
- ◆ Verbo sacar
  動詞 sacar（拿出來 / 伸出來）

Vocabulario 詞彙	**Cultura** 文化

......p.98

- El cuerpo humano
人體
- Dolores del cuerpo
身體疼痛
- La receta médica
醫療處方
- Administración de medicamentos
服用藥物
- Alergias
過敏
- Consejos del medico
醫囑

- Panamá
巴拿馬
- Lugares turísticos de Panamá
巴拿馬旅遊景點

Comunicación 溝通	**Gramática** 文法

Lección 6 En el restaurante 在餐廳 ....

En tu casa 在家裡

◆ Proponer una actividad
提出一項活動

◆ Rechazar una invitación
拒絕一個邀請

◆ Describir un restaurante y su comida
描述一家餐廳及其食物

En el restaurante 在餐廳

◆ Hablar del menu
談論菜單

◆ Preguntar y decir qué desea comer
詢問與說明想吃什麼

◆ Ordenar la comida en un restaurante
在餐廳點菜

◆ Hacer recomendaciones sobre platos de comida
推薦餐點

◆ Expresar preferencias
表達偏好

◆ Ofrecer una bebida y aceptar o rechazar
提供一杯飲料以及接受或拒絕

◆ Solicitar un servicio en un restaurante
在一家餐廳請求服務

◆ Hablar sobre los sabores
談論餐點的風味

◆ Pedir la cuenta
買單

En la oficina 在辦公室

◆ Pedir la comida en establecimientos con entrega a domicilio
預定外送餐點

◆ Hablar de promociones
談論促銷

◆ Presente de indicativo: verbos regulares e irregulares
陳述式現在時：規則與不規則動詞

◆ Imperativo afirmativo: verbos regulares e irregulars
肯定命令式：規則與不規則動詞

◆ Verbo apetecer
動詞 apetecer（想要）

◆ Verbo parecer
動詞 parecer（覺得）

◆ Verbo venir
動詞 venir（來）

◆ Verbo recomendar
動詞 recomendar（推薦）

◆ Oraciones subordinadas con que
以「que」連接的從屬句

◆ Imperativo afirmativo: verbos regulares e irregulars
肯定命令式：規則與不規則動詞

Vocabulario 詞彙	Cultura 文化

....**p.114**

- Tapas
  西班牙下酒小菜
- Vajilla
  餐具
- Menú
  菜單
- Sabor de comidas
  食物的風味
- Peticiones
  請求服務
- Formas de pago
  付款方式

- Cuba
  古巴
- Lugares turísticos de Cuba
  古巴旅遊景點
- Tapas
  西班牙下酒小菜
- Gastronomía en los países hispanohablantes
  西班牙語美洲的美食
- Buenos modales en la mesa
  餐桌禮儀

Vocabulario 詞彙	**Cultura** 文化

....**p.132**

- Adjetivos para describir una ciudad
  描述一座城市的形容詞
- Lugares turísticos
  觀光景點
- Descripción de la personalidad
  描述個性
- Frases útiles en llamadas telefónicas
  接電話的用語
- Preferencias
  喜好
- Lugares
  地點

- Ecuador
  厄瓜多
- Lugares turísticos de Ecuador
  厄瓜多旅遊景點

Comunicación 溝通	Gramática 文法

Lección 8 Haciendo los preparativos para el viaje 為旅行做準備..........

En la casa de tu compañero 在你同學的家

- ◆ Hablar de los preparativos para un viaje
  談論準備一場旅行

En el hotel 在飯店

- ◆ Hacer el registro en el hotel
  入住登記

- ◆ Preguntar y decir la ubicación de las instalaciones del hotel
  詢問與說明飯店設施

- ◆ Hablar de los servicios que ofrece el hotel
  談論飯店提供的服務

- ◆ Solicitar un servicio
  請求一項服務

- ◆ Preguntar y decir la contraseña del internet
  詢問與說明網路密碼

En los grandes almacenes/tienda de departamentos
在百貨公司

- ◆ Hablar de los diferentes tipos de tiendas
  談論不同種類的商店

- ◆ Preguntar y decir la ubicación de las tiendas
  詢問與說明商店的位置

En la tienda de ropa 在服裝店

- ◆ Pedir información sobre la ropa en la tienda
  在服裝店詢問衣服的資訊

- ◆ Describir la ropa
  描述衣服

- ◆ Hablar del material
  談論材質

- ◆ Preguntar y decir como le queda una ropa
  詢問並說明一件衣服穿起來如何

- ◆ Expresar preferencias
  表達偏好

- ◆ Hablar de promociones
  談論促銷

- ◆ Presente de indicativo: verbos regulares e irregulares
  陳述式現在時：規則與不規則動詞

- ◆ Imperativo afirmativo: verbos regulares e irregulars
  肯定命令式：規則與不規則動詞

- ◆ Verbo deber
  動詞 deber（應該）

- ◆ Verbo solicitor
  動詞 solicitar（申請）

- ◆ Verbo reservar
  動詞 reservar（預訂）

- ◆ Verbo preparer
  動詞 preparar（準備）

- ◆ Verbo probar
  動詞 probar（試／嘗試）

Vocabulario 詞彙	**Cultura** 文化

Comunicación 溝通	**Gramática** 文法

Lección 9 He viajado por varios países 我旅行過幾個國家.....................

En la compañía 在公司
- ◆ Hablar de las labores hechas
  說明做過的事情
- ◆ Disculparse
  向某人道歉
- ◆ Poner una excusa
  找一個藉口

En la casa 在家裡
- ◆ Hablar de las actividades hechas
  說明做過的活動
- ◆ Escribir un diario
  寫一篇日記

En la biblioteca 在圖書館
- ◆ Hablar de las actividades hechas en la biblioteca
  談論在圖書館的活動

En el parque 在公園
- ◆ Disculparse
  向某人道歉
- ◆ Poner una excusa
  找一個藉口
- ◆ Aceptar una disculpa
  接受道歉

En una reunión de amigos 朋友的聚會
- ◆ Preguntar y decir qué se ha hecho
  詢問與說明做過什麼
- ◆ Preguntar y hablar sobre experiencias inolvidables
  詢問與談論個人經驗
- ◆ Hablar sobre las actividades al aire libre
  談論戶外活動
- ◆ Expresar conocimiento y habilidad
  表達知識和技能

- ◆ Pretérito perfecto de indicativo: verbos regulares
  現在完成時：規則動詞
- ◆ Pretérito perfecto de indicativo: verbos irregulares
  現在完成時：不規則動詞
- ◆ Uso de ya
  「ya」（已經）的用法
- ◆ Uso de todavía no
  「todavía no」（還沒）的用法

Vocabulario 詞彙	**Cultura** 文化

- Tiempo
  時間
- Las labores en la oficina
  辦公室的工作
- Las actividades en la casa
  在家的活動
- Excusas
  藉口
- Actividades al aire libre
  戶外活動

- Bolivia
  玻利維亞
- Lugares turísticos de Bolivia
  玻利維亞旅遊景點

Comunicación 溝通	**Gramática** 文法

Lección 10 Hice muchas cosas esta semana 我這個星期做了很多事 ......

En la casa 在家裡
- Hablar de las actividades que hizo ayer
  談論昨天做過的活動

En un accidente de tránsito 一場車禍
- Contar que hizo
  說出車禍後做過的事

En la fábrica 在工廠
- Hablar de las labores hechas
  談論做過的事

En la peluquería 在理髮店
- Pedir un servicio
  請求一項服務
- Hablar de los servicios que ofrece la peluquería
  談論理髮店提供的服務

En una fiesta de cumpleaños 一個生日派對
- Hablar de las actividades en una fiesta de cumpleaños
  談論一個生日派對的活動

- Pretérito indefinido: verbos regulares
  陳述式簡單過去時：規則動詞
- Pretérito indefinido: verbos irregulars
  陳述式簡單過去時：不規則動詞
- Verbo aplanchar
  動詞 aplanchar（熨 / 燙）
- Verbo pasar
  動詞 pasar（經過 / 路過）
- Verbo esperar
  動詞 esperar（等）
- Verbo enviar
  動詞 enviar（送 / 郵寄）
- Verbo olvidar
  動詞 olvidar（忘記）
- Verbo alisar
  動詞 alisar（燙平）
- Verbo cortar
  動詞 cortar（剪）
- Verbo teñir
  動詞 teñir（染色）
- Verbo rizar
  動詞 rizar（燙捲）
- Verbo gustar
  動詞 gustar（喜歡）

Comunicación 溝通	**Gramática** 文法

Lección 11 Mis vacaciones de verano 我的暑假 ....

En el correo 在郵局

◆ Escribir un correo electrónico
  寫一封電子郵件

◆ Pedir un servicio
  請求一項服務

◆ Hablar de los servicios que ofrece el correo
  談論郵局提供的服務

En la playa 在海灘

◆ Citar las diferentes actividades en la playa
  談論海灘上的不同活動

◆ Expresar deseos de hacer algo
  表達想要做某件事

◆ Poner una excusa
  找一個藉口

En el Parque Nacional 在國家公園

◆ Hablar de las cosas que hay en el parque
  談論公園裡有什麼

◆ Hablar del alojamiento
  談論住宿

◆ Hablar de las actividades en el Parque Nacional
  談論國家公園的活動

◆ Preguntar cuánto tarda un viaje
  詢問一趟行程多久

◆ Proponer una actividad
  提出一項活動

◆ Rechazar una invitación
  拒絕一個邀請

◆ Expresar preferencias
  表達偏好

En la entrevista de trabajo 工作面談

◆ Hablar de la infancia
  談論幼年時期

◆ Hablar de la vida universitaria
  談論大學生活

◆ Hablar de la experiencia laboral
  談論工作經驗

◆ Hablar de las actividades extracurriculares
  談論課外活動

◆ Hablar de la vida familiar
  談論家庭生活

◆ Escribir una autobiografía

◆ Pretérito indefinido: verbos regulares e irregulares
  陳述式簡單過去時：規則與不規則動詞

◆ Verbo descansar
  動詞 descansar（休息）

◆ Verbo regalar
  動詞 regalar（送）

◆ Verbo saber
  動詞 saber（知道）

◆ Verbo andar
  動詞 andar（走）

◆ Verbo sentarse
  動詞 sentarse（坐下）

◆ Verbo divertirse
  動詞 divertirse（玩得開心）

◆ Verbo traer
  動詞 traer（帶來）

◆ Verbo alojarse
  動詞 alojarse（住（飯店））

◆ Verbo nacer
  動詞 nacer（出生）

◆ Verbo participar
  動詞 participar（參與）

◆ Verbo ganar
  動詞 ganar（贏）

◆ Verbo crecer
  動詞 crecer（成長）

◆ Verbo jubilarse
  動詞 jubilarse（退休）

Vocabulario 詞彙	Cultura 文化

1
¡Me encanta estudiar español!
我熱愛學習西班牙語！

---

1. Las actividades en mi casa
在我家的活動

1.1. Lee y recuerda.

¡A entender la gramática! 西語文法，一學就懂！

Presente de indicativo: verbos regulares 陳述式現在時：規則動詞

主詞	動詞字尾是 **ar**	動詞字尾是 **er**	動詞字尾是 **ir**
yo 我	**-o**	**-o**	**-o**
tú 你 / 妳	**-as**	**-es**	**-es**
él/ella/usted 他 / 她 / 您	**-a**	**-e**	**-e**

用法（1）：詢問或提供關於目前時刻的資訊。

用法（2）：表達習慣或頻繁發生的事件。

1. Yo estudio español en la universidad.

2. Yo trabajo en una compañía de exportación.

說明（1）：西班牙語動詞字尾分別有「**-ar、-er、-ir**」三種規則變化動詞，搭配不同人
稱代名詞而有上面表格中的現在時態（本書一律寫成「現在時」）動詞變化。

說明（2）：西班牙語動詞共有四種式（modo）：陳述式（modo indicativo）、虛擬式
（modo subjuntivo）、可能式（modo potencial）、命令式（modo imperativo）。

Los verbos reflexivos 反身動詞

主詞	反身代名詞	主詞	反身代名詞
yo	**me**	nosotros/nosotras	**nos**
tú	**te**	vosotros/vosotras	**os**
él/ella/usted	**se**	ellos/ellas/ustedes	**se**

用法（1）：當動作的執行者和接受者皆為同一個人時，就需使用反身動詞。反身動詞通常與動作執行者的生活和感受有關。

用法（2）：反身代名詞必須放在動詞前面。

用法（3）：若一個句子使用兩個動詞，反身代名詞要放在第一個動詞前面；或者，放在原形動詞後面，並且和該原形動詞寫在一起。

　　例句：「Yo **me** tengo que despertar temprano.」（我必須早起。）

　　　　　「Yo tengo que despertar**me** temprano.」（我必須早起。）

❖ 否定句的表達方式。句型：【主詞＋（**no**）＋反身代名詞＋動詞】

　　例句（肯定句）：「**Me** levanto a las seis de la mañana.」（我早上六點起床。）

　　在反身代名詞前加上「no」就是否定句。

　　例句（否定句）：「**No** me ducho por las noches.」（我晚上不洗澡。）

Presente de indicativo: verbos reflexivos 陳述式現在時：反身動詞

主詞	levantarse	ducharse	vestirse	acostarse
yo	me levanto	me ducho	me visto	me acuesto
tú	te levantas	te duchas	te vistes	te acuestas
él/ella/usted	se levanta	se ducha	se viste	se acuesta

Yo me levanto a las ocho.
Me ducho a las ocho y cuarto.
Me visto en mi habitación.

1.2. Mira la foto. ¿Qué hace cada persona?

María

José

Jesús

leer
ver
escuchar
jugar
navegar
escribir
buscar
hablar
responder
estar

1.3. Escucha y lee. 🎧 MP3-002

2. Yo bailo en el salón.

4. Yo converso con mi familia en el comedor.

1. ¿Qué actividades haces en tu casa?

3. Yo canto en el baño.

5. Yo preparo la comida en la cocina.

¿Y tú?

| salón | estudio | cocina | comedor | jardín |
| garaje | baño | terraza | sótano | ático |

1.4. En parejas.  🎧 MP3-003

¡A aprender! 西語句型，一用就會！

A: ¿Qué haces en <u>el salón</u>?

B: Yo <u>estudio español en el salón</u>.

acostarse	aparcar	bailar	buscar
cantar	cenar	cocinar	comer
conversar	chatear	desayunar	ducharse
escuchar	escribir	estudiar	hablar
jugar	navegar	lavar	leer
practicar	preparar	responder	tomar
usar	ver	levantarse	vestirse

2. Las actividades en la escuela y el trabajo
在學校和工作的活動

2.1. Lee y recuerda.

¡A entender la gramática! 西語文法，一學就懂！

除了動詞字尾是「**-ar**、**-er**、**-ir**」的三種陳述式現在時規則變化動詞之外，西班牙語還有陳述式現在時不規則變化動詞，整理如下：

Presente de indicativo: verbos irregulares 陳述式現在時：不規則動詞

主詞	ser	tener	ir
yo	soy	tengo	voy
tú	eres	tienes	vas
él/ella/usted	es	tiene	va

Presente de indicativo: verbos irregulares 陳述式現在時：不規則動詞

六種陳述式現在時不規則變化動詞，依據不同人稱代名詞的動詞變化方式如下：

「e」變化成「ie」

主詞	empezar	atender	preferir
yo	empiezo	atiendo	prefiero
tú	empiezas	atiendes	prefieres
él/ella/usted	empieza	atiende	prefiere

相同變化的動詞：「atender」（服務/照顧）、「empezar」（開始）、「entender」（了解/懂）、「pensar」（想/想念）、「preferir」（更喜歡/更喜愛）、「querer」（想要）、「cerrar」（關）、「encender」（打開）、「sentir」（感覺）。

例句：「Pienso mucho en mi abuela.」（我很想念我的奶奶。）

「o」變化成「ue」

主詞	encontrar	volver	dormir
yo	encuentro	vuelvo	duermo
tú	encuentras	vuelves	duermes
él/ella/usted	encuentra	vuelve	duerme

相同變化的動詞:「almorzar」(吃午餐)、「acostarse」(就寢)、「dormir」(睡覺)、「volver」(返回/回來/再次)、「recordar」(記住)、「colgar」(掛)、「devolver」(歸還)、「encontrar」(找到)、「mover」(搬)、「soñar」(夢/夢想)。

例句:「Yo siempre vuelvo tarde a casa.」(我總是很晚回家。)

「e」變化成「i」

主詞	elegir	medir
yo	elijo	mido
tú	eliges	mides
él/ella/usted	elige	mide

相同變化的動詞:「medir」(測量)、「repetir」(重複)、「elegir」(選擇)、「corregir」(修改)、「reír」(笑)、「seguir」(跟隨/繼續)。

例句:「Yo elijo comida mexicana.」(我選擇墨西哥料理。)

「c」變化成「zc」

主詞	conducir	conocer	ofrecer
yo	conduzco	conozco	ofrezco
tú	conduces	conoces	ofreces
él/ella/usted	conduce	conoce	ofrece

主詞「yo」(我)的變化:字尾的「c」變成「zc」。

相同變化的動詞:「conducir」(開車)、「conocer」(認識)、「ofrecer」(提供)。

例句:「Yo conduzco el coche de mi padre.」(我開我爸爸的車。)

「o」變化成「go」

主詞	hacer	poner	salir
yo	hago	pongo	salgo
tú	haces	pones	sales
él/ella/usted	hace	pone	sale

主詞「yo」（我）的變化：字尾變成「go」。

　　例句：「Yo hago deporte todos los días.」（我每天做運動。）

「u」變化成「ue」

主詞	jugar
yo	juego
tú	juegas
él/ella/usted	juega

　　例句：「Yo juego al baloncesto.」（我打籃球。）

2.2. Completa las oraciones con el verbo correcto

a. Yo ＿＿＿＿＿＿＿＿ 18 años.

b. Ella ＿＿＿＿＿＿＿ un metro con sesenta y ocho.

c. Yo ＿＿＿＿＿＿con mis amigos.

d. La película ＿＿＿＿＿＿＿ a las 8pm.

e. Yo ＿＿＿＿＿＿ el coche.

f. Tú ＿＿＿＿＿＿＿ al baloncesto muy bien.

g. Mi hijo ＿＿＿＿＿＿ aquel reloj.

conducir
empezar
jugar
medir
preferir
salir
tener

2.3. Habla sobre las actividades de este médico.

A: ¿Qué hace el médico todos los <u>lunes</u> a <u>las dos</u> de <u>la tarde</u>?

B: Él <u>lee y responde los correos electrónicos</u>.

hora	lunes	martes	miércoles	jueves	viernes
8:00	levantarse, ducharse y desayunar				
10:00	nadar	jugar al tenis	hacer gimnasia	montar en bici	correr en la plaza
12:00	pasear al perro por el parque	practicar español con Marta	almorzar con Carlos	clase de español	completar los formularios
14:00	leer y responder los correos	reunión con las enfermeras	atender a los pacientes	trabajar en la clínica	cirugías
16:00	preparar los expedientes	leer las propuestas	hacer la presentación	volver al hospital	atender a los pacientes
20:00	cocinar	limpiar la habitación	lavar la ropa	reunión con el equipo de trabajo	cenar con los compañeros

2.4. Habla sobre tus actividades cotidianas.

2.5. Escucha la presentación de Alejandro. Marca "V" si la oración es verdadera o "F" si la oración es falsa. 🎧 MP3-004

a. (　) Se levanta a las siete y media de la mañana.

b. (　) Se viste después de lavarse los dientes.

c. (　) Desayuna a las ocho y media.

d. (　) Normalmente, desayuna unas tostadas y café negro.

e. (　) Sale de su casa a las nueve.

f. (　) Toma el autobús para ir a la universidad.

g. (　) Llega a la universidad a las nueve y veinte.

h. (　) Empieza las clases a las diez y diez.

i. (　) Come y vuelve a la universidad a la una y media.

j. (　) Hace los deberes en su casa.

k. (　) Juega al baloncesto con sus amigos.

l. (　) Cena a las nueve con su familia.

ll. (　) Se acuesta a las doce menos cuatro.

2.6. Practica con tu compañero.

Preguntas	Yo	Amigo A
1. ¿A quién atiendes?		
2. ¿A qué hora te acuestas?		
3. ¿Cuánto mides?		
4. ¿Quién conduce el coche?		
5. ¿Dónde haces deporte?		
6. ¿Con quién juegas al fútbol?		

3. Me encanta estudiar español
我熱愛學習西班牙語

3.1. Lee y recuerda.

¡A entender la gramática! 西語文法，一學就懂！

Verbo gustar y encantar 動詞「gustar」（喜歡）和「encantar」（熱愛）

gustar/encantar			
(a mí)	me	**gusta**	aquel coche
(a ti)	te	**encanta**	ver exposiciones
(a él/a ella)	le	**gustan**	los gatos
(a usted)	le	**encantan**	estas blusas

3.2. Practica con tu compañero.

A: ¿Qué te gusta?

B: Me gusta <u>ese cuaderno</u>.

3.3. Practica con tu compañero.

A: ¿Qué color te gusta?

B: Me gusta el <u>violeta</u>.

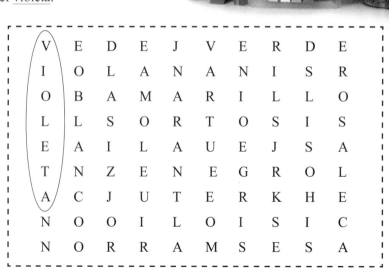

V	E	D	E	J	V	E	R	D	E
I	O	L	A	N	A	N	I	S	R
O	B	A	M	A	R	I	L	L	O
L	L	S	O	R	T	O	S	I	S
E	A	I	L	A	U	E	J	S	A
T	N	Z	E	N	E	G	R	O	L
A	C	J	U	T	E	R	K	H	E
N	O	O	I	L	O	I	S	I	C
N	O	R	R	A	M	S	E	S	A

3.4. Practica con tu compañero.

A: ¿Qué es lo que más te gusta de la tienda?

B: Lo que más me gusta es <u>esta cocina eléctrica</u>.

3.5. Practica con tu compañero.

A: ¿Qué te gusta hacer en tu tiempo libre?

B: A mí me encanta <u>montar a caballo</u>.

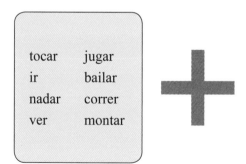

tocar	jugar
ir	bailar
nadar	correr
ver	montar

en la piscina	en bicicleta
de copas	la guitarra
el piano	a la montaña
películas	al teatro
al baloncesto	de compras
al fútbol	en el gimnasio
en la discoteca	en motocicleta

¡Vamos a preparar el DELE!
一起來準備 DELE 吧！

1. Describe la fotografía. Tiempo: 2 ó 3 minutos.

Guía

（1）¿Quién es?

（2）¿Dónde estudia? ¿En qué año está?

（3）¿Dónde está? ¿Cómo es el lugar?

（4）¿Qué ropa lleva?

（5）¿Qué tiene en su mano?

（6）¿Qué hace la niña?

¡Vamos a escribir!

一起來寫西語吧！

1. ¿Qué hace Daniel todos los días?

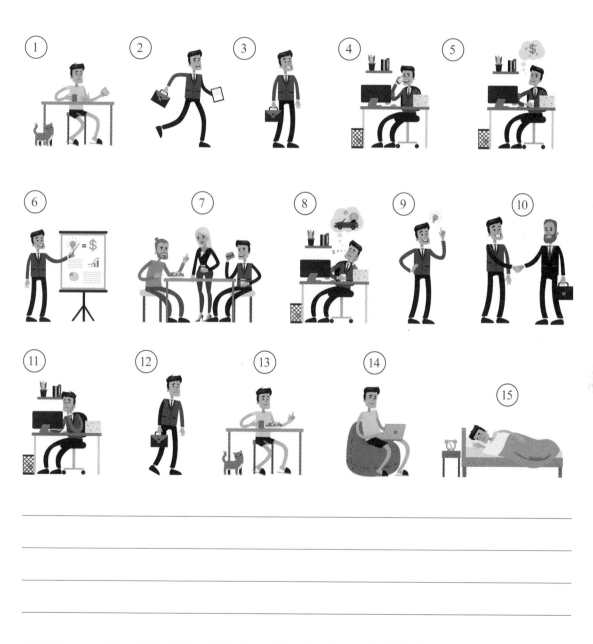

¡Vamos a viajar!
一起去旅行吧！

España 西班牙

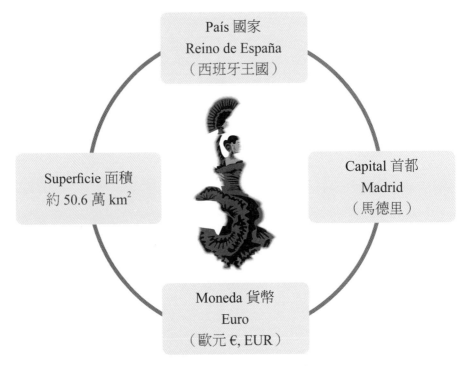

País 國家
Reino de España
（西班牙王國）

Superficie 面積
約 50.6 萬 km²

Capital 首都
Madrid
（馬德里）

Moneda 貨幣
Euro
（歐元 €, EUR）

Lugares turísticos 旅遊景點

⌕ Palacio Real, Madrid

⌖ Alcázar, Toledo

♠ Casa Milá(La Pedrera), Barcelona
♺ La Sagrada Familia, Barcelona

♠ Acueducto romano, Segovia

♠ Bahía de La Concha, San Sebastián

♠ Palacio de la Alhambra, Granada

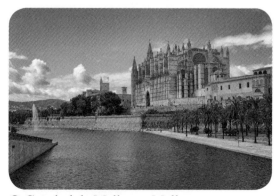

♠ Catedral de Mallorca, Mallorca

1. ¿Hay algún banco cerca de aquí?
附近有任何銀行嗎？

1.1. Escucha y lee. 🎧 MP3-005

¡A aprender! 西語句型，一用就會！

> 2. Espera, creo que estamos en Las Ramblas.

> 1. Estamos perdidas.

★ A: Perdone, ¿hay algún <u>banco</u> cerca de aquí? 抱歉，這附近有任何<u>銀行</u>嗎？

　 B: Sí, el <u>banco</u> está en el centro comercial. 有，<u>銀行</u>在購物中心裡。

> Sí, el <u>banco</u> está a doscientos metros.
> 有，<u>銀行</u>在二百公尺處。
>
> Sí, el <u>banco</u> está a unos diez minutos andando.
> 有，<u>銀行</u>大約走路十分鐘會到。

★ A: Perdone, ¿hay alguna <u>estación de tren</u> cerca de aquí?
　　 抱歉，這附近有任何<u>火車站</u>嗎？

　 B: Sí, la <u>estación de tren</u> está muy cerca, a unos quinientos metros.
　　 有，<u>火車站</u>離這裡很近，大約在五百公尺處。

> No, la <u>estación de tren</u> está un poco lejos.
> 沒有，<u>火車站</u>離這裡有點遠。

★ A: Perdona, ¿hay alguna <u>plaza</u> cerca de aquí?

抱歉，這附近有任何<u>廣場</u>嗎？

B: Sí, hay <u>una</u> al final de esta avenida. 有，這條路的盡頭有<u>一</u>座。

★ A: Perdona, ¿hay algún <u>cajero automático</u> cerca de aquí?

抱歉，這附近有任何<u>提款機</u>嗎？

B: Sí, hay <u>uno</u> en esta misma calle. 有，在同一條街就有<u>一</u>台。

> Sí, hay <u>uno</u> en el ayuntamiento.
> 有，在市政府有<u>一</u>台。
> Sí, hay <u>uno</u> aquí al lado.
> 有，這旁邊就有<u>一</u>台。

1.2. Lee y recuerda.

¡A entender la gramática! 西語文法，一學就懂！

Verbo Estar 動詞「Estar」（是／在）

用法：表達地方或地點。

例句：「La panadería *Rico* **está** al lado de la iglesia.」（Rico 麵包店在教堂的旁邊。）

Verbo Haber 動詞「Haber」（有）

用法：表達人事物、動物或現象的存在。

❖ 句型：【**hay** ＋ **un/una/unos/unas/muchos/muchas** ＋名詞】

例句：「En esta ciudad **hay** muchos museos famosos.」（在這座城市有許多著名的博物館。）

2. Siga todo recto
直走

2.1. Lee y recuerda. 🎧 MP3-006

¡A aprender! 西語句型，一用就會！

1. Oye, ¿hay alguna agencia de viajes cerca de aquí?

2. Lo siento. No conozco este barrio.

3. Lo siento. No soy de aquí.

A: ¿Hay alguna <u>parada de autobús</u> cerca del hotel? 飯店附近有任何公車站嗎？

B: Sí. Siga todo recto hasta la Calle San Bernardo. 有。您要直走到 San Bernardo 街。

Gire a la derecha. 您要右轉。

Gire a la izquierda. 您要左轉。

Tome la segunda calle a la izquierda. 您要在第二條街左轉。

Cruce la <u>glorieta</u>. 您要穿越圓環。

2.2. Lee y recuerda.

Imperativo afirmativo: verbos regulares　肯定命令式：規則動詞

主詞	動詞字尾是 **ar**	動詞字尾是 **er**	動詞字尾是 **ir**
tú	**-a**	**-e**	**-e**
usted	**-e**	**-a**	**-a**

用法（1）：引起他人注意。

　　例句：「**Oye**, ¿sabes el número de teléfono de la policía?」（嘿，你知道警察的電話號碼嗎？）

　　　　　「**Mira**, ella es la nueva secretaria del departamento.」（你看，她是部門的新祕書。）

¡Oye!

Dime.

verbo		tú	usted
mirar	看	mira	mire
perdonar	抱歉	perdona	perdone
disculpar	抱歉	disculpa	disculpe
decir	說 / 告訴	di	diga
oír	聽	oye	oiga

用法（2）：提供關於如何前往某地的資訊或地址。

verbo		tú	usted
girar	轉	gira	gire
tomar	搭	toma	tome
coger	搭	coge	coja
cruzar	穿越	cruza	cruce
salir	出去	sal	salga
seguir	繼續	sigue	siga

Siga todo recto.
Coja la tercera calle a la derecha.
Cruce la glorieta.
Está al lado de la biblioteca.

2.3. Complete.

A: Disculpe, ¿dónde está el Teatro Nacional?

B: Mire. (seguir)_____ todo recto hasta la avenida Libertadores.

(girar)_____ a la derecha. Luego (tomar)_____

la tercera calle a la izquierda. Va a ver el Parque Central. (cruzar)_____

el parque y (girar)_____ a la izquierda.

A: Muchas gracias.

3. En el hotel
在飯店裡

3.1. Escucha y lee. 🎧 MP3-007

¡A practicar! 西語口語，一說就通！

A: ¿En qué puedo ayudarle? 有什麼我能幫助您的嗎？

B: Perdone, ¿hay alguna estación de metro cerca del hotel?
抱歉，飯店附近有任何捷運站嗎？

A: Sí. En realidad hay dos estaciones. ¿A dónde va?
有，實際上這裡有兩個站。您要去哪裡？

B: Quiero ir al Museo Nacional. 我想要去國家博物館。

A: El Museo Nacional está cerca del hotel. Usted puede ir a pie.
國家博物館離飯店很近。您可以走路過去。

B: ¡Grandioso! 太棒了！

A: Mire, le explico. Salga del hotel y gire a la izquierda. Siga todo recto hasta la Calle San Bernardo. Luego gire a la derecha y tome el primer semáforo a la izquierda. Usted va a ver la Glorieta de la Libertad. Entonces cruce la glorieta. El Museo Nacional está al lado del Banco Central.
您看，我向您解釋。您要出飯店後左轉。一直走到 San Bernando 街。接下來您要右轉，走到第一個紅綠燈左轉。您將會看到自由圓環。然後，您要穿越圓環。國家博物館就在中央銀行的旁邊。

B: Muchas gracias. 非常感謝。

3.2. Mira el siguiente plano. 🎧 MP3-008

A: Perdone, ¿hay <u>un restaurante</u> cerca de aquí?

B: Sí, le explico. <u>Gire a la derecha./Siga todo recto./Tome la primera calle.</u>

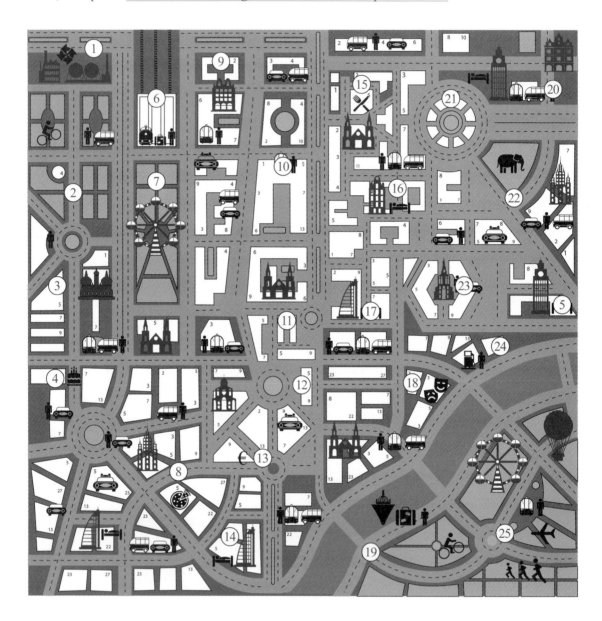

1. fábrica 工廠	14. hotel 飯店
2. parque 公園	15. restaurante 餐廳
3. templo 寺廟	16. escuela 學校
4. panadería 麵包店	16. colegio 中學
5. centro comercial 購物中心	16. universidad 大學
6. estación de tren 火車站	17. embajada 大使館
6. estación de metro 捷運站	18. cine 電影院
7. noria 摩天輪	18. teatro 劇院
8. pizzería 披薩店	19. puerto 港口
9. ayuntamiento 市政府	20. estación de policía 警察局
10. aparcamiento 停車場	21. monumento 紀念碑
11. iglesia 教堂	22. zoo 動物園
12. glorieta 圓環	23. Banco Central 中央銀行
13. cajero automático 提款機	24. gasolinera 加油站
	25. aeropuerto 機場

4. En la estación de metro

在捷運站

4.1. Mira.

decir 說 / 告訴

seguir 跟著 / 繼續

entrar 進入

cambiar 更換 / 兌換 / 改變

4.2. Lee y recuerda.

Presente de indicativo: verbos regulares e irregulares

陳述式現在時：規則與不規則動詞

主詞	decir （不規則動詞）	seguir （不規則動詞）	entrar	cambiar
yo	digo	sigo	entro	cambio
tú	dices	sigues	entras	cambias
él/ella/usted	dice	sigue	entra	cambia

Imperativo afirmativo: verbos regulares 肯定命令式：規則動詞

主詞	decir （不規則動詞）	seguir （不規則動詞）	entrar	cambiar
tú	di	sigue	entra	cambia
usted	diga	siga	entre	cambie

4.3. Escucha y repite. 🎧 MP3-009

decir 說 / 告訴

- Enrique dice que él piensa viajar a Estados Unidos en las vacaciones.
  Enrique 說他想要在假期的時候去美國旅遊。

- Dime tu punto de vista. 你要告訴我你的觀點。

seguir 跟著 / 繼續

- No sé la dirección. Yo te sigo. 我不知道地址。我跟著你。

- El coche está en el aparcamiento. Sígame, por favor. 車子在停車場。請您跟我來。

entrar 進入

- Yo siempre entro por la puerta lateral del edificio. 我總是從大樓的側門進入。

· Entre a la estación y gire a la derecha. La tienda de recuerdos está al lado del supermercado.

您要進去車站後右轉。紀念品店在超級市場的旁邊。

cambiar 更換 / 兌換 / 改變

· Necesito cambiarme de ropa. Espérame diez minutos. 我需要換衣服。你要等我十分鐘。

· Cambia unos tres mil euros. 你大概要兌換三千歐元。

4.4. Escucha y repite. MP3-010

¡A aprender! 西語句型，一用就會！

Entre a la estación de metro.
您要進入捷運站。

Salga de la estación.
您要出站。

Salga por la salida 3A.
您要從 3A 出口出去。

Tome la línea dos hasta la estación Callao.
您要搭乘二號線到 Callao 站。

Coja la línea cuatro.
您要搭乘四號線。

Cambie de línea.
您要換線。

Bájese en la última estación.
您要在最後一站下車。

Busque la salida número cuatro.
您要找四號出口。

Suba al segundo piso.
您要上二樓。

小提醒　「bajar」（下去）的肯定命令式是「baja」（tú）和「baje」（usted）。「subir」（上去）的肯定命令式是「sube」（tú）和「suba」（usted）。

4.5. Practica con tu compañero. 🎧 MP3-011

A: Estoy en la estación *Plaza de España*. Perdona, ¿dónde está tu oficina?

B: Mi oficina está en la estación *Sevilla*. Toma la línea tres hasta la estación *Sol*. Cambia de línea. Coge la línea dos. Bájate en la estación *Sevilla*. Busca la salida número tres. Cruza la calle. Mi oficina está al lado del correo.

A: Entonces, tomo la línea tres hasta la estación *Sol*. Luego cambio a la línea dos hasta *Sevilla*. Busco la salida tres y cruzo la calle. ¿Es correcto?

B: ¡Exacto! Nos vemos luego.

¿Dónde está tu oficina?

Toma la línea <u>azul</u>.
Coge la línea <u>tres</u>.
Cambia de línea.
Bájate en la estación <u>*Sol*</u>.
Busca la salida <u>2A</u>.
Cruza la <u>calle</u>/<u>avenida</u>.
Gira a la <u>derecha</u>/<u>izquierda</u>.

¡Vamos a preparar el DELE!
一起來準備 DELE 吧！

1. Describe la fotografía. Tiempo: 2 ó 3 minutos.

Guía

（1）¿Qué le pasa a Sonia?

（2）¿A dónde quiere ir?

（3）¿Qué hace?

（4）¿Qué le dice Clara?

¡Vamos a escribir!
一起來寫西語吧！

1. Complete.

（1）(Perdonar/usted)_____, ¿hay algún restaurante cerca de aquí?

（2）Lo siento. Yo no (conocer) _____ este barrio.

（3）¡(oir/tú) _____! Creo que el cumpleaños de papá es mañana.

（4）(seguir/usted) _____ todo recto hasta hasta la calle Carmen.

（5）(salir/usted)_____ por la puerta dos. La iglesia está a su derecha.

（6）(subir/tú)_____ al tercer piso.

（7）(cambiar/tú) _____ de línea.

（8）La secretaria (decir) _____ que la reunión es mañana.

（9）El Teatro Nacional está muy cerca. Tú (poder) _____ ir a pie.

（10）No voy a entrar. Yo te (esperar) _____ aquí.

2. ¿Haber, estar, tener ?

（1）A: _____(Hay/Está) alguna farmacia cerca de aquí?

B: Sí, _____(hay/está) al lado del hospital.

（2）A: ¡Oye! ¿ _____(Hay/Está) frutas?

B: Sí, _____(hay/están) en la refrigeradora.

（3）A: En esta ciudad _____(hay/están) algunos museos famosos.

B: ¿De verdad? ¿Dónde _____(hay/están)?

¡Vamos a conversar!
一起來說西語吧！

A: Disculpe, ¿puedo hacerle algunas preguntas? MP3-012

B: Sí, dígame.

A: ¿Dónde está la estación de metro?

B: Siga todo recto. La estación de metro está enfrente del Museo de Arte.

A: ¿Qué línea tengo que tomar para ir a la Plaza de la Constitución?

B: Tome la línea azul.

A: ¿Cuánto tarda el viaje?

B: Unos quince minutos.

A: ¿Hay alguna atracción turística cerca de la Plaza de la Constitución?

B: Sí, en realidad hay muchos lugares. Por ejemplo, el Palacio Nacional, la Catedral Metropolitana, el Museo del Templo Mayor, el Museo de la Inquisición y el Museo Nacional de las Culturas.

¡Vamos a viajar!
一起去旅行吧！

México 墨西哥

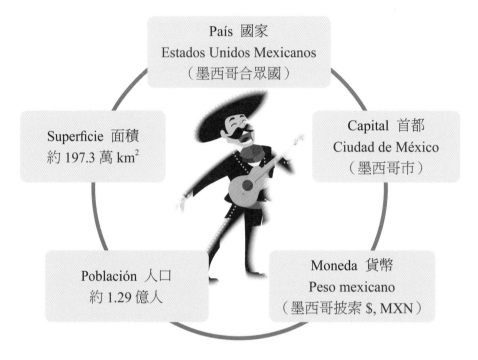

País 國家
Estados Unidos Mexicanos
（墨西哥合眾國）

Capital 首都
Ciudad de México
（墨西哥市）

Superficie 面積
約 197.3 萬 km^2

Moneda 貨幣
Peso mexicano
（墨西哥披索 $, MXN）

Población 人口
約 1.29 億人

Lugares turísticos 旅遊景點

◯ Teotihuacán

◑ Catedral Metropolitana de la Ciudad de México

⮊ San Miguel de Allende, Guanajuato

⮑ Xochimilco, Ciudad de México

⮑ San Cristóbal de las Casas, Chiapas

⮈ Guanajuato

⮈ Isla Mujeres, Quintana Roo

⮑ Palenque, Chiapas

3 Completa el formulario de solicitud de visa
你要填寫簽證申請表

1. Las instrucciones del profesor
教授的指示

1.1. Lee y recuerda.

¡A entender la gramática! 西語文法，一學就懂！

Imperativo afirmativo: verbos regulares 肯定命令式：規則動詞

主詞	動詞字尾是 **ar**	動詞字尾是 **er**	動詞字尾是 **ir**
tú	-a	-e	-e
usted	-e	-a	-a

用法（1）：表達指示。

例句：「**Oye,** ¿sabes el número de teléfono de la policía?」（嘿，你知道警察的電話號碼嗎？）

　　　　「**Tome** la línea dos.」（您要搭乘二號線。）

用法（2）：表達命令。

　　例句：「**Lleve** estos documentos al departamento de recursos humanos.」
　　　　　（您要帶這些文件到人力資源部門。）

　　　　　「**Habla** más despacio, por favor.」（請你講慢一點。）

說明（1）：以 -car 和 -gar 結尾的動詞，在 **usted**（您）的命令式動詞變化時，不能將動詞字尾改為 e，正確的變化方式是把動詞字尾從 -car 改為 -que、從 -gar 改為 -gue。

說明（2）：以 -zar 結尾的動詞，在 **usted**（您）的命令式動詞變化時，從 -zar 改為 -ce。

以 car 結尾的動詞

verbo		tú	usted
buscar	尋找	busca	bus**que**
practicar	練習	practica	practi**que**
tocar	彈	toca	to**que**

以 gar 結尾的動詞

verbo		tú	usted
llegar	到達	llega	lle**gue**
pagar	付錢	paga	pa**gue**
entregar	遞送	entrega	entre**gue**
navegar	上網	navega	nave**gue**

以 zar 結尾的動詞

verbo		tú	usted
cruzar	穿越	cruza	cruce

例句：「**Llegue** temprano a la reunión.」（您要提早到會議。）

「**Pague** en la caja tres.」（您要在第三個櫃檯付款。）

「**Cruce** la calle en el paso de cebra.」（您要從斑馬線過馬路。）

> Toca la canción "*Historia de un amor*".

1.2. En parejas.

Estudiante A (imperativo): "Lee el ensayo."

Estudiante B (presente de indicativo): "Yo leo el ensayo en el aula."

1. Busque la información por internet.

2. ¡Vale! Yo busco la información por internet.

buscar	comprar	entrar	estudiar	escuchar
hablar	limpiar	llamar	llevar	navegar
tomar	trabajar	utilizar	abrir	escribir

1.3. Cambia las oraciones a una orden o instrucción.

（1） Yo busco información sobre la cultura maya.

(usted) _____

（2） Yo pago la cuenta.

(usted) _____

（3） Yo siempre llego temprano a la oficina.

(usted) _____

（4） Yo practico español con mi compañero de universidad.

(usted) _____

2. Las instrucciones del jefe
老闆的指示

2.1 Lee y recuerda.

¡A entender la gramática! 西語文法，一學就懂！

Imperativo afirmativo: verbos irregulares 肯定命令式：不規則動詞

verbo		tú	usted
hacer	做	**haz**	**haga**
poner	放	**pon**	**ponga**
ir	去	ve	vaya
salir	出去	**sal**	**salga**
decir	說 / 告訴	**di**	**diga**
venir	來	**ven**	**venga**
tener	有	**ten**	**tenga**
ser	是	**sé**	**sea**

「e」變化成「ie」

verbo		tú	usted
cerrar	闔上 / 關上	c**ie**rra	c**ie**rre
empezar	開始	emp**ie**za	emp**ie**ce
pensar	想	p**ie**nsa	p**ie**nse
atender	照顧 / 服務	at**ie**nde	at**ie**nda
encender	打開	enc**ie**nde	enc**ie**nda

「o」變化成「ue」

verbo		tú	usted
encontrar	找到	enc**ue**ntra	enc**ue**ntre
recordar	記得	rec**ue**rda	rec**ue**rde
devolver	歸還	dev**ue**lve	dev**ue**lva
volver	回來	v**ue**lve	v**ue**lva

「e」變化成「i」

verbo		tú	usted
elegir	選擇	el**i**ge	el**i**ja
pedir	要求	p**i**de	p**i**da
repetir	重複	rep**i**te	rep**i**ta

2.2. Escucha y lee. 🎧 MP3-013

Tu equipo de trabajo va a hacer una presentación. Eres el coordinador de la actividad y vas a dar instrucciones a tus compañeros. Mira la lista de pendientes.

Estudie las propuestas, por favor.

Vale. Yo voy a estudiar las propuestas inmediatamente.

Estudiante A

1. Pedir las direcciones de los clientes a la secretaria.
2. Escribir las invitaciones.
3. Enviar las invitaciones a los clientes y amigos.
4. Ir al supermercado y comprar las bebidas.
5. Encender el equipo.
6. Atender a los invitados.
7. Tomar fotos durante la presentación.
8. Devolver el proyector al Departamento de Contabilidad.
9. Leer los comentarios de los clientes.
10. Escribir un informe sobre la actividad.

Estudiante B

1. Comprar unas flores en la floristería.
2. Ir a la bodega y elegir los carteles.
3. Poner los carteles.
4. Llevar el ordenador portátil al salón.
5. Preparar las tarjetas de presentación.
6. Pagar el alquiler del salón.
7. Estudiar las propuestas.
8. Hacer la presentación.
9. Responder a las preguntas de las personas.
10. Apagar el equipo.

2.3. Mira.

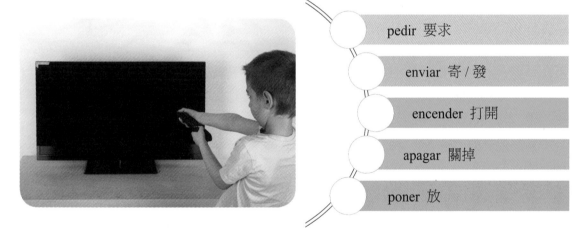

pedir 要求

enviar 寄 / 發

encender 打開

apagar 關掉

poner 放

2.4. Lee y recuerda.

¡A entender la gramática! 西語文法，一學就懂！

Presente de indicativo: verbos regulares e irregulares
陳述式現在時：規則與不規則動詞

主詞	pedir（不規則動詞）	enviar	encender（不規則動詞）	apagar	poner（不規則動詞）
yo	pido	envío	enciendo	apago	pongo
tú	pides	envías	enciendes	apagas	pones
él/ella/usted	pide	envía	enciende	apaga	pone

Imperativo afirmativo: verbos regulares 肯定命令式：規則動詞

主詞	pedir （不規則動詞）	enviar	apagar	encender （不規則動詞）	poner （不規則動詞）
tú	pide	envía	apaga	enciende	pon
usted	pida	envíe	apague	encienda	ponga

2.5. Escucha y repite. MP3-014

¡A aprender! 西語句型，一用就會！

pedir 要求

· Yo le voy a pedir un aumento de salario a mi jefe. 我將要向我的老闆要求加薪。

· ¡Feliz Cumpleaños! Pide un deseo. 生日快樂！你要許個願望。

enviar 寄 / 發

· Yo siempre le envío una tarjeta de Navidad a mi amigo.
我總是寄一張聖誕卡給我的朋友。

· Necesito leer la información. Envíame los documentos por correo electrónico.
我需要讀資訊。你要用電子郵件寄給我文件。

encender 打開

· Yo siempre enciendo el aire acondicionado en verano. 我總是在夏天開冷氣。

· Está muy oscuro. Enciende la lámpara. 很暗。你要開燈。

apagar 關掉

· Yo apago la fotocopiadora antes de salir de la oficina. 我在離開辦公室前關掉影印機。

· Apaga la televisión y ve a estudiar. 你要關掉電視然後去讀書。

poner 放

· Normalmente, pongo parte de mi dinero en la caja fuerte cuando viajo.
我通常在旅行的時候會把一部分的錢放在保險箱裡。

· Ponga sus maletas en la báscula, por favor. 請您把您的行李放在秤重機上。

3. Paso a paso
循序漸進

3.1. Practica con tu compañero.  MP3-015

¡A practicar! 西語口語，一說就通！

A: Disculpa, ¿tienes un momento? 抱歉，你有時間嗎？

B: Sí, claro. Dime. 當然有。告訴我。

A: Tengo que completar este formulario pero no sé como hacerlo.
我必須填寫這份表格但是我不知道怎麼做。

B: No te preocupes. Yo te explico. 別擔心。我給你解釋。

3.2. Lee la explicación. Subraya los verbos.

Mira, te explico.
Ve a la oficina dos.
Pide un formulario de solicitud de visado.
Lee la información cuidadosamente.
Completa los espacios en blanco.
Adjunta una fotocopia del pasaporte y una foto reciente.
Entrega todos los documentos en la ventanilla tres.
¿Está claro?

Sí, gracias.

3.3. Completa el cuadro.

		imperativo (tú)	imperativo (usted)
1	mirar		
2	explicar		
3	ir		
4	pedir		
5	leer		
6	completar		
7	adjuntar		
8	entregar		
9	estar		

3.4. Mira.

completar 完成／填寫

adjuntar 附上

entregar 遞送

esperar 等待

3.5. Lee y recuerda.

¡A entender la gramática! 西語文法，一學就懂！

Presente de indicativo: verbos regulares 陳述式現在時：規則動詞

主詞	completar	adjuntar	entregar	esperar
yo	completo	adjunto	entrego	espero
tú	completas	adjuntas	entregas	esperas
él/ella/usted	completa	adjunta	entrega	espera

Imperativo afirmativo: verbos regulares 肯定命令式：規則動詞

主詞	completar	adjuntar	entregar	esperar
tú	completa	adjunta	entrega	espera
usted	complete	adjunte	entregue	espere

3.6. Escucha y repite. MP3-016

¡A aprender! 西語句型，一用就會！

completar 完成 / 填寫

- Yo completo el cuestionario en la biblioteca. 我在圖書館填寫問卷。

- Complete el formulario de solicitud de beca en la Oficina Cultural.
  您要在文化辦事處填寫獎學金申請表。

adjuntar 附上

- Yo adjunto mi currículum y una fotocopia de mi carnet de identidad.
  我附上我的履歷和一份我的身分證影本。

- Adjunte una carta de recomendación. 您要附上一封推薦信。

entregar 遞送

- La Embajada de México va a entregarme el pasaporte dentro de diez días.
  墨西哥大使館將會在十天內遞送護照給我。

- Entregue estos documentos a su jefe lo más pronto posible.
  您要盡快遞送文件給您的老闆。

esperar 等待

- Yo te espero en la parada de autobús a las ocho y cuarto. 我八點十五分在公車站等你。

- Espérame cinco minutos. 你要等我五分鐘。

3.7. Escucha y lee. 🎧 MP3-017

A: ¿Me puede ayudar a completar este formulario?

B: Sí, claro. Primero escriba su nombre completo, su número de DNI (Documento Nacional de Identificación) y su número de teléfono.

A: Listo. ¿Y ahora?

B: Adjunte la fotocopia de su carnet de seguro y la de su permiso de conducir.

A: ¿Dónde las pongo?

B: Póngalas después del formulario de solicitud. Posteriormente, vaya al departamento de Recursos Humanos, haga fila y entregue todos los documentos.

A: Disculpe, ¿dónde está el Departamento de Recursos Humanos?

B: Salga del salón y gire a la derecha. Es la oficina número tres.

4. El visado
簽證

4.1. Responde.

¿Cuándo pides un visado?

¿Dónde?

¿Hay que pagar?

Explica el procedimiento.

4.2. Lee el mensaje de bienvenida. MP3-018

Bienvenidos a la Embajada de México. Mi nombre es Ricardo Rodríguez y les voy a explicar el procedimiento para sacar el visado. Por favor, siga todas las instrucciones.

En primer lugar, vaya a la sección de "Cajas" y pague la cuota. La cajera va darle un número.

Después, vaya a la ventanilla dos y espere unos minutos hasta que la funcionaria llame su número. Presente el número y tome un formulario.

Seguidamente, complete el formulario. Lea las instrucciones cuidadosamente.

Para comenzar, escriba su nombre completo y su número de pasaporte.

Luego, responda a todas las preguntas. Recuerde que tiene que firmar la solicitud y escribir la fecha de hoy. Finalmente, adjunte una fotografía sin gafas, tamaño pasaporte y con fondo blanco. Además, presente un comprobante de cuentas bancarias con un saldo mínimo de ocho mil dólares.

Cuando tenga todo listo, lleve los documentos a la ventanilla tres y entregue los documentos. Si su información no está clara, el funcionario va a pedirle información adicional.

4.3. Marca la opción correcta.

（1）La idea principal de este texto es:

a. Esperar el visado unos minutos.

b. Explicar el procedimiento para sacar el visado.

c. Presentar el visado en la ventanilla.

（2）Antes de tomar el formulario, la persona tiene que:

a. Pagar la cuota.

b. Responder todas las preguntas.

c. Adjuntar una foto tamaño pasaporte.

（3）El solicitante tiene que adjuntar una foto:

a. pequeña y clara.

b. blanco y negro.

c. tamaño pasaporte y con fondo blanco.

4.4. Completa la oración con el imperativo correcto.

a. Doña Ana, (llegar) _____ temprano mañana. La reunión es a las 8am.

b. Sr. Arias (buscar) _____la información en un libro sobre viajes.

c. (hacer) _____ los deberes inmediatamente.

d. Srta. Padilla, (poner)_____ estos documentos en mi escritorio.

e. (atender) _____ a los clientes.

f. (decir) _____ la verdad. Recuerda que somos amigos.

g. Don Juan, (entregar)_____ estos formularios a su compañero.

h. Sr. Castro, (venir)_____ a mi oficina, por favor.

i. Papá, (encender)_____ la lámpara, por favor.

¡Vamos a preparar el DELE!
一起來準備 DELE 吧！

1. Describe la fotografía. Tiempo: 2 ó 3 minutos.

Guía

（1） ¿Dónde están?

（2） ¿Cómo son físicamente?

（3） ¿Qué instrucciones le da la profesora a los estudiantes?

¡Vamos a escribir!
一起來寫西語吧！

1. Esta es la primera vez que tu amigo toma un tren. Explícale el procedimiento. Usa el vocabulario y la foto.

subir	ir a la taquilla
mirar la pantalla de llegadas y salidas	comprar el billete
pagar	tomar los billetes
leer la información del billete	ir al andén

¡Vamos a conversar!
一起來說西語吧！

A: Profesora, ¿puede hacerle una pregunta?

B: Sí, claro.

A: ¿Qué puedo hacer para mejorar mi español?

B: Dime, ¿te gusta la música?

A: Sí, me gusta mucho.

B: Pues, escucha canciones en español. Conoce el vocabulario nuevo, aprende algunas palabras y frases útiles, haz oraciones con ese vocabulario y canta las canciones.

A: Pero tengo un problema…a veces olvido el vocabulario fácilmente.

B: Tienes que practicarlo a menudo o bien hablar mucho.

A: ¿Hablar? ¿Con quién?

B: Pues, busca a unos estudiantes hispanos y conversa con ellos. Sal a pasear y cuéntales sobre las actividades que te gusta hacer. Así, vas a practicar el vocabulario, mejorar tu pronunciación y conocer nuevos amigos.

A: Buena idea.

B: ¿Te gusta ver películas?

A: Me encanta.

B: Ve al cine. En la cartelera hay muchas películas de países hispanohablantes. O bien, busca películas internacionales y cambia el audio a español. Por último, ¿te gusta leer?

A: Sí. Normalmente, leo algunas noticias sobre España por internet.

B: ¡Perfecto! Estoy segura de que vas a hablar como un nativo en muy poco tiempo.

A: Muchas gracias por sus consejos.

¡Vamos a viajar!
一起去旅行吧！

Guatemala 瓜地馬拉

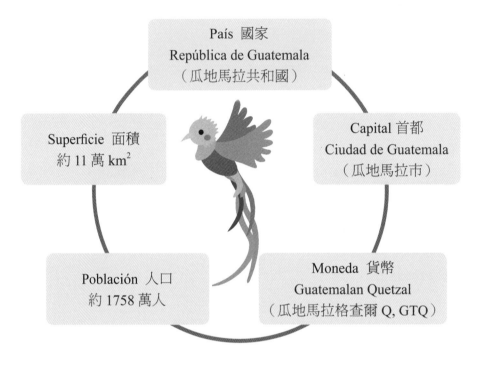

País 國家
República de Guatemala
（瓜地馬拉共和國）

Capital 首都
Ciudad de Guatemala
（瓜地馬拉市）

Superficie 面積
約 11 萬 km^2

Moneda 貨幣
Guatemalan Quetzal
（瓜地馬拉格查爾 Q, GTQ）

Población 人口
約 1758 萬人

Lugares turísticos 旅遊景點

⨀ Palacio Nacional de la Cultura, Ciudad de Guatemala

⨀ Catedral Metropolitana, Ciudad de Guatemala

◖◗ Antigua, Departamento de Sacatepéquez

◗ Lago de Atitlán

◗ Tikal, Petén

1. ¡Cuánto tiempo sin verte!
好久不見！

1.1. Escucha y lee. 🎧 MP3-020

¡A practicar! 西語口語，一說就通！

A: ¿Rosita? ¡Hola! ¿Qué haces aquí?
　 Rosita ？嗨！妳在這裡做什麼？

B: ¿Esteban? ¡Cuánto tiempo sin verte! Pues, yo estoy buscando un libro sobre cocina española.
　 Esteban ？好久不見！嗯，我正在找一本關於西班牙料理的書。

A: ¿Cocina española?
　 西班牙料理？

B: Es que quiero preparar una tortilla de patatas para mi papá. A él le encanta.
　 是因為我想要準備一個西班牙馬鈴薯蛋餅給我的爸爸。他超級喜歡。

A: No te preocupes. Yo te enseño. Tengo la tarde libre. ¿Quieres hacerla hoy?
　 妳別擔心。我教妳。我下午有空。妳想今天做嗎？

B: Vale. ¡Vamos!
　 好的。我們走吧！

1.2. Lee y recuerda.

¡A entender la gramática! 西語文法，一學就懂！

Los pronombres personales de objeto directo 直接受格人稱代名詞

人稱	單數	人稱	複數
yo	me	nosotros (as)	nos
tú	te	vosotros (as)	os
él/ella	lo/la	ellos/ellas	los/las

用法（1）：用來代替已經提過的人、事、物。

★ A: ¿**Me** escuchas? 妳聽得到嗎？

B: Sí, **te** escucho bastante claro. 有，我聽得很清楚。

★ A: ¿Cuándo lees el periódico? 妳什麼時候讀報紙？

B: **Lo** leo por las mañanas. 我早上讀（報紙）。

★ A: ¿Dónde compras la cena? 妳在哪裡買晚餐？

B: **La** compro en el restaurante que está cerca de mi casa. 我在我家附近的餐廳買晚餐。

Yo escucho **la canción**.

Yo **la** escucho.

用法（2）：若同時出現二個動詞，直接受格人稱代名詞可放在第一個動詞之前；或放在第二個原形動詞後，並跟該原形動詞相連書寫在一起。

例句：「¿**Me** puede ayudar?」（您能幫忙我嗎？）

「¿Puede ayudar**me**?」（您能幫忙我嗎？）

★ A: ¿Dónde vas a comprar la camisa? 妳將會去哪裡買襯衫？

B: **La** voy a comprar en el centro comercial. 我將會去購物中心買（襯衫）。

B: Voy a comprar**la** en el centro comercial. 我將會去購物中心買（襯衫）。

用法（3）：碰到肯定命令式動詞時，直接受格人稱代名詞必須放在該動詞的最後，並且跟這個肯定命令式動詞相連書寫在一起。

★ A: ¿Puedo tomar la calculadora? 我可以拿計算機嗎？

B: Sí, tóma**la**. 可以，拿（它）吧。

用法（4）：將 **no** 放在直接受格人稱代名詞前面，就是否定句。

句型：【（**no**）＋（**me/te/lo/la/nos/os/los/las**）＋動詞】

例句：「Yo **te** quiero.」（我愛你。）

「Yo no **te** entiendo.」（我不理解你。）

1. ¿Dónde pongo **los libros**?

2. Ponlos en la estantería.

3. ¿Cuándo puedo leer **las revistas**?

4. Puedes leerlas mañana./Las puedes leer mañana.

1.3. Completa.

（1） A: ¿_____ amas?

B: ¡Claro! _____ amo mucho.

（2） A: ¿Dónde lees el periódico?

B: Yo _____ leo en la oficina.

（3） A: Yo practico español todos los días.

B: ¿Con quién _____ practicas?

（4） A: ¿Qué te parece la camisa?

B: Muy bonita. _____ compro.

（5） A: ¿_____ recuerdas?

B: Lo siento, no _____ recuerdo.

（6） A: ¿Para quién escribes la postal?

B: _____ escribo para mi jefe.

（7） A: Yo _____ conozco. Eres Carlos.

B: ¡Es correcto!

（8） A: ¿Con quién escuchas música?

B: _____ escucho con mis amigos.

（9） A: ¿Cuándo haces la compra?

B: _____ hago los fines de semana.

（10） A: ¿A qué hora tomas el metro?

B: _____ tomo a las nueve.

2. ¿Qué hacemos primero?
我們先做什麼？

2.1. Escucha y lee. 🎧 MP3-021

B: Primero tengo que sacar dinero del cajero automático. 我得先去提款機領錢。

A: ¿Cuánto dinero necesitas? Si quieres yo te presto.
妳需要多少錢？如果妳要我借給妳的話。

B: Creo que unos cincuenta dólares. Te los devuelvo mañana.
我覺得大概五十美金。我明天還給你。

A: ¡Vale! Espérame en la entrada del edificio. Voy al aparcamiento a traer el coche. Luego vamos a comprar los ingredientes en el supermercado y por último, vamos a tu casa a hacer la paella de mariscos.
好的！你要在大樓門口等我。我去停車場把車開過來。然後我們一起去超級市場買材料，最後我們一起去妳家做一份海鮮燉飯！

2.2. Lee y recuerda.

Los pronombres personales de objeto indirecto 間接受格人稱代名詞

人稱	單數	人稱	複數
yo	me	nosotros (as)	nos
tú	te	vosotros (as)	os
él/ella/usted	le	ellos/ellas/usted	les

用法（1）：用來代表受到某動詞的動作間接影響的人或物。

例句：「Yo **te** compro este libro mañana.」（我明天買這本書給你。）

「Yo **te** canto la canción "*Te amo*".」（我唱『我愛你』這首歌給你聽。）

用法（2）：若同時出現二個動詞，間接受格人稱代名詞可放在第一個動詞之前；或放在第二個原形動詞後，並跟該原形動詞相連書寫在一起。

例句：「Mi hijo **te** puede buscar la información por intenet.」
（我的兒子可以在網路搜尋資訊給你。）

「Mi hijo puede buscar**te** la información por intenet.」
（我的兒子可以在網路搜尋資訊給你。）

❖ 否定句的表達方式。句型：【（**no**）+（**me/te/le/nos/os/les**）+ 動詞】

例句：「Él **no me** habla.」（他不跟我講話。）

例句：「**No te** escucho.」（我聽不到你的聲音。）

2.3. Mira.

prestar 借出 / 借給

devolver 歸還

recoger 接送 / 拾取 / 收拾

traer 帶來 / 帶到

2.4. Lee y recuerda.

¡A entender la gramática! 西語文法，一學就懂！

Presente de indicativo: verbos regulares e irregulares

陳述式現在時：規則與不規則動詞

主詞	prestar	devolver （不規則動詞）	recoger （不規則動詞）	traer （不規則動詞）
yo	presto	devuelvo	recojo	traigo
tú	prestas	devuelves	recoges	traes
él/ella/usted	presta	devuelve	recoge	trae

Imperativo afirmativo: verbos regulares 肯定命令式：規則動詞

主詞	prestar	devolver （不規則動詞）	recoger （不規則動詞）	traer （不規則動詞）
tú	presta	devuelve	recoge	trae
usted	preste	devuelva	recoja	traiga

2.5. Escucha y lee. MP3-022

¡A aprender! 西語句型，一用就會！

prestar 借出／借給

- ¡No te preocupes! Yo te presto el coche esta noche. 你別擔心！我今晚借車給你。

- Préstame el ordenador un momento, por favor. 請你借我一下電腦。

devolver 歸還

- Yo te devuelvo la bici mañana. ¿Vale? 我明天把腳踏車還你。好嗎？

- Devuélve estos libros a la biblioteca. 你要把這些書歸還給圖書館。

recoger 接送／拾取／收拾

- Yo te recojo en la entrada a las ocho y cuarto. ¡Sé puntual!
  我八點十五分在入口處接你。你要準時！

- Recoge tus cosas y luego ponlas en aquella caja.
  你要收拾你的東西然後你要把它們放在那個盒子裡。

traer 帶來 / 帶到

- Traigo un pastel de chocolate para ti. 我帶了一個巧克力蛋糕給你。

- Trae el bañador que vamos a nadar en la piscina.
  你要帶泳衣，因爲我們要一起去游泳池游泳。

2.6. Lee y recuerda.

¡A entender la gramática! 西語文法，一學就懂！

Los pronombres de objeto indirecto y directo 間接與直接受格人稱代名詞

間接受格人稱代名詞	
(yo)	**me**
(tú)	**te**
(él/ella/usted)	**se**
(nosotros/nosotras)	**nos**
(vosotros/vosotras)	**os**
(ellos/ellas/ustedes)	**se**

+

直接受格人稱代名詞
lo（單數陽性）
la（單數陰性）
los（複數陽性）
las（複數陰性）

1. Tú papá **te** va a leer el **libro**.

2. Sí, yo **te lo** voy a leer.
   Yo voy a leér**telo**.

3. ¡Vale! Lée**melo**.

3. En el supermercado
在超級市場

3.1. Mira la foto y escribe el nombre de los productos.

（1）z ___ m ___

（2）ch ___ l ___

（3）___ a ___

（4）___ i ___ o

（5）m ___ nz ___ n ___

（6）___ i ___ ó ___

（7）___ v ___

（8）___ ech ___

3.2. Escucha y lee. 🎧 MP3-023

¡A aprender! 西語句型，一用就會！

Yo necesito comprar una botella de <u>aceite de oliva</u>. 我需要買一瓶橄欖油。

vino 紅酒	zumo de naranja 柳橙汁
salsa de tomate 番茄醬	leche 牛奶

Yo quiero comprar una lata de <u>atún</u>. 我想要買一罐鮪魚罐頭。

sardinas 沙丁魚	calamares 墨魚
mejillones 淡菜	vieira 扇貝
leche condensada 煉乳	cerveza 啤酒

Yo voy a comprar un frasco de <u>mayonesa</u>. 我將會買一罐美乃滋。

mostaza 芥末	mermelada de piña 鳳梨果醬
garbanzos 鷹嘴豆	frijoles/judías 豆子

Yo deseo un paquete de <u>arroz</u>. 我想要一包米。

azúcar 糖	galletas 餅乾
sal 鹽	espaguetis 義大利麵
cereales 玉米穀片	papel higiénico 衛生紙

小提醒　「botella」（瓶）是指用來存放液體的容器、「lata」（罐）是指罐頭容器、「frasco」（罐子、廣口瓶）則是可存放食材的容器。

3.3. Lee y recuerda. 🎧 MP3-024

¡A entender la gramática! 西語文法，一學就懂！

Exclamaciones ¡Qué! 驚嘆詞「¡Qué!」

　　「¡Qué!」是驚嘆詞，用來表達高興、開心、興奮、驚訝、厭惡、感嘆、難過、羨慕等各種不同的情緒感受。

¡Qué caro! 真貴！

¡Qué fácil! 真簡單！

¡Qué calor! 真熱！

¡Qué sed! 真渴！

¡Qué inteligente! 真聰明！

¡Qué rápido corres!
你跑得真快！

¡Qué bien tocas el piano!
你鋼琴彈得真好！

3.4. Escucha y lee. 🎧 MP3-025

A: ¿Tienes la lista de la compra? 妳有購物清單嗎？

B: Sí. Aquí está. 有。在這裡。

A: Espera, voy a traer un carrito. 妳等一下，我要帶一台推車。

Unos segundos después…

A: ¿Qué necesitas comprar? 妳需要買什麼？

B: A ver… Yo necesito una botella de aceite de oliva. 我看看……我需要一瓶橄欖油。

A: ¿De qué marca la quieres? 妳想要哪個品牌？

B: Toma aquella. La que está al lado de la mayonesa. También necesito un paquete de arroz.
你拿那個。在美乃滋的旁邊。我也需要一包米。

A: ¿Lo quieres grande, mediano o pequeño? El paquete grande está rebajado. El precio es diez euros.
妳想要大包、中包或小包？大包有打折。價格是十歐元。

B: ¡Qué barato! Pásame dos paquetes. 真便宜啊！你拿給我兩包。

A: Ahora, ¿a dónde vamos? 現在，我們要去哪裡？

B: ¿Qué te parece a la sección de frutas y verduras?
你覺得去水果和蔬菜區怎麼樣？

A: Vale. Creo que es el primer pasillo. 好。我覺得是在第一條走道。

4. En la tienda de alimentación
在雜貨店

4.1. Escucha y lee. 🎧 MP3-026

¡A aprender! 西語句型，一用就會！

★ A: ¿Qué le pongo? 您想買什麼？

　B: Póngame una barra de <u>pan</u>. 給我一條麵包。

　　mantequilla 奶油　　　　　　chocolate 巧克力

★ A: ¿Qué desea comprar? 您想要買什麼？

　B: Deme un kilo de <u>tomates</u>. 給我一公斤番茄。

　　zanahorias 紅蘿蔔　　　　jamón 火腿　　　　queso 起司

★ A: ¿Qué más? 還有什麼嗎？

　B: Yo deseo una docena de huevos. 我想要一打雞蛋。

★ A: ¿Algo más? 還要別的嗎？

　B: Sí, también necesito un litro de leche. 是的，我也需要一升牛奶。

> Creo que no. 我覺得不用了。
> No, nada más. 不，這樣就夠了。

4.2. Relaciona y haz oraciones. MP3-027

A: ¿Qué le pongo?

B: Póngame una botella de leche.

A: ¿Algo más?

B: Sí. Yo deseo un kilo de tomates.

A: ¿Qué más?

B: Deme una lata de sardinas.

botella	lata
frasco	paquete
caja	barra

litro	kilo
medio litro	medio kilo
cuarto de litro	cuarto de kilo

una docena

media docena

leche	mayonesa
mostaza	sardinas
arroz	zumo
atún	mantequilla
vino	chocolate
salsa	galletas

frijoles	naranjas
jamón	queso
lechugas	patatas
zanahorias	cebollas
limones	manzanas
peras	huevos

4.3. Escucha y lee. 🎧 MP3-028

> **¡A practicar!** 西語口語，一說就通！

A: Buenos días. ¿Qué desea? 早安。您想要什麼？

B: Quiero medio kilo de jamón. ¿Cuál me recomienda?
我想要半公斤的火腿。你會推薦哪個給我呢？

A: Le recomiendo la marca "La casa del jamón". 我推薦給您「火腿之家」這個品牌。

B: Vale. También deme medio kilo de queso. 好。也給我半公斤起司。

A: ¿Qué más le pongo? 您還想買什麼呢？

B: Pues, póngame una lechuga, un cuarto de kilo de tomates y media docena de huevos.
嗯，給我一顆萵苣，四分之一公斤的番茄和半打蛋。

A: ¿Algo más? 還要別的嗎？

B: Creo que no. ¡Ah!... Perdone, ¿cuánto cuesta el kilo de zanahorias?
我覺得不用了。啊！抱歉，一公斤紅蘿蔔多少錢？

A: Sesenta y nueve céntimos. 六十九分。

B: Póngame un kilo y medio, por favor. Eso es todo. ¿Cuánto es?
請給我一點五公斤。就這樣。總共多少錢？

A: Treinta y dos euros con diez. 三十二歐元十分。

5. Los anuncios en el supermercado
超級市場的廣告

5.1. Relaciona los anuncios con un enunciado.

① Solo hoy
10 Euros de regalo
para canjear en la próxima compra

② **2ª unidad
-50%
en alimentos**

③ Ahorra
20% de regalo
por compras superiores a 20Euros

④ *5 euros de
descuento*

⑤ **un cuaderno
gratis
con la compra de 10 bolígrafos**

⑥ *5% descuento si usas
la tarjeta crédito Moda*

	Enunciados	Anuncio
a.	Te dan cinco euros de descuento en este producto.	
b.	Te regalan un cuaderno si compras diez bolígrafos.	
c.	Te regalan diez euros hoy pero solo puedes usarlo en la próxima compra.	
d.	Te dan un cinco por ciento de descuento si usas la tarjeta de crédito Moda.	
e.	La segunda unidad tiene un cincuenta por ciento de descuento.	
f.	Ahorras veinte por ciento si compras más de veinte euros.	

¡Vamos a preparar el DELE!

一起來準備 DELE 吧！

1. Describe la fotografía. Tiempo: 2 ó 3 minutos.

（1）¿Dónde está? ¿Cómo es el lugar ?

（2）¿Por qué está en ese lugar? ¿Con qué frecuencia va?

（3）Describa cada foto.

（4）¿Qué crees que va a hacer después ?

¡Vamos a escribir!
一起來寫西語吧！

1. Responde.

（1）¿Cuáles son las ventajas de comprar en un mercado tradicional?

_____

（2）¿Hay algún supermercado cerca de tu casa? ¿Dónde está?

_____

（3）¿Cuándo haces la compra?

_____

（4）¿Qué compras?

_____

（5）¿Cuáles son las ventajas y desventajas de comprar por internet?

_____

2. Usa el pronombre personal correcto.

（1）A: Esta corbata tiene un diez por ciento de descuento.

B: Me _____ llevo.

（2）A: Los pantalones _____ quedan un poco grandes.

B: Creo que no _____ voy a comprar.

（3）A: Aquí está la fotocopia de mi pasaporte.

B: Vale. ¿_____ _____ adjunto a la solicitud?

（4）A: ¿Cuándo le dices la verdad?

B: _____ _____ digo mañana.

（5）A: ¿_____ pido el coche a papá?

B: Sí, píde_____.

（6）A: ¿A quién le vas a enviar el reporte?

B: _____ _____ voy a enviar a Carlos.

¡Vamos a conversar!
一起來說西語吧！

A: ¿A dónde vamos? 🎧 MP3-029

B: Necesito ir al supermercado.

A: Vale, te acompaño. ¿Qué tienes que comprar?

B: Muchas cosas. Es que mañana es el cumpleaños de una compañera de oficina y quiero darle una sorpresa.

A: ¿Qué vas a regalarle?

B: Voy a hacerle unos tamales.

A: ¿Sabes hacer tamales?

B: ¡Claro! La próxima vez te enseño.

A: ¿Qué necesitas comprar?

B: Déjame ver. Aquí está la lista. Tengo que comprar un paquete de sal, un paquete de harina, medio kilo de tomates, un cuarto de kilo de cebollas, medio kilo de zanahorias, una botella de aceite, medio kilo de carne de cerdo, una bolsa de arroz, una barra de mantequilla y una docena de huevos.

En Cajas...

C: Son ciento quince pesos. ¿Van a pagar en efectivo o con tarjeta de crédito?

B: Con tarjeta de crédito, por favor.

C: ¿Me permite su cédula de identidad?

B: Aquí tiene.

C: Muchas gracias.

¡Vamos a viajar!
一起去旅行吧！

Costa Rica 哥斯大黎加

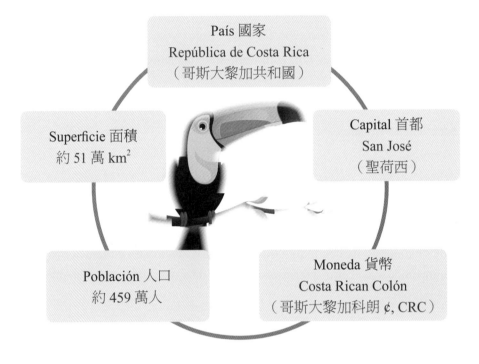

País 國家
República de Costa Rica
（哥斯大黎加共和國）

Capital 首都
San José
（聖荷西）

Superficie 面積
約 51 萬 km²

Moneda 貨幣
Costa Rican Colón
（哥斯大黎加科朗 ¢, CRC）

Población 人口
約 459 萬人

Lugares turísticos 旅遊景點

🎧 Basílica de Nuestra Señora de los Ángeles, Cartago

🔊 Teatro Nacional de Costa Rica, San José

Ⴔ Volcán Arenal, San Carlos

Ⴔ Volcán Poás, Alajuela

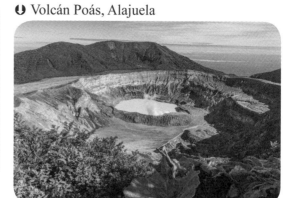

Ⴔ Parque Nacional Santa Rosa, Guanacaste

Ⴔ Reserva biológica Bosque Nuboso
Monteverde, Puntarenas

Ⴔ Parque Nacional Tortuguero, Limón

Ⴔ Parque Nacional Isla del Coco, Puntarenas

5 En el hospital
在醫院

1. Así soy yo
這就是我

1.1. Escucha y repite. 🎧 MP3-030

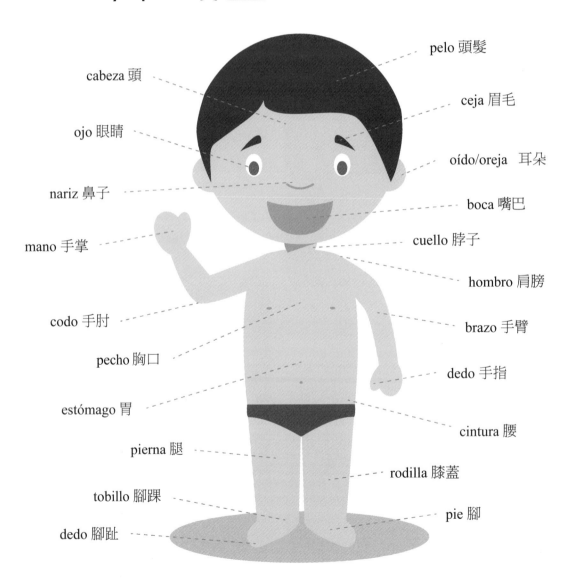

pelo 頭髮

cabeza 頭

ceja 眉毛

ojo 眼睛

oído/oreja 耳朵

nariz 鼻子

boca 嘴巴

mano 手掌

cuello 脖子

hombro 肩膀

codo 手肘

brazo 手臂

pecho 胸口

dedo 手指

estómago 胃

cintura 腰

pierna 腿

rodilla 膝蓋

tobillo 腳踝

pie 腳

dedo 腳趾

2. Me duele la cabeza
我頭痛

2.1. Lee y recuerda.

¡A entender la gramática! 西語文法，一學就懂！

El verbo doler 動詞「doler」（疼痛）

　　doler 是表達疼痛感受的動詞，西班牙語的語意為：「使……疼痛」，按照主詞（疼痛部位）為單數名詞或複數名詞，有以下用法：

doler			
(a mí)	me		
(a ti)	te	duele	la cabeza
(a él/a ella/a usted)	le		
(a nosotros/a nosotras)	nos		
(a vosotros/a vosotras)	os	duelen	los ojos
(a ellos/a ellas/a ustedes)	les		

用法（1）：主詞為單數名詞時使用 **duele**；主詞為複數名詞時則使用 **duelen**。

　　例句：「**Me duele** el estómago.」（我胃痛。）

　　　　　「**Me duelen** los brazos.」（我手臂痛。）

用法（2）：句首的「a＋人稱受格」（a mí、a ti、a él…），可省略。

　　例句：「**(A mí)** me duele la muñeca.」（我手腕痛。）

❖ 句型：【（a＋人稱受格）＋間接受格代名詞＋**duele/duelen**＋（程度副詞：**mucho/bastante/poco/nada**）＋主詞（疼痛部位）】

　　例句：「**(A mí) me duelen bastante** las piernas.」（我的腿相當痛。）

Me duele aquí.

2.2. Escucha y repite. MP3-031

¡A aprender! 西語句型，一用就會！

Me siento cansado. 我覺得疲倦 / 我感到累。

enfermo 生病的   triste 傷心的

Me duele el estómago. 我胃痛。

la espalda 背部   todo el cuerpo 全身

Me duelen los pies. 我腳痛。

los hombros 肩膀   las rodillas 膝蓋

2.3. Practica con tu compañero.

¡A practicar! 西語口語，一說就通！

A: ¿Qué te pasa?   B: No me siento bien.

A: ¿Dónde te duele?   B: Me duele el estómago./Me duelen los brazos.

3. ¿Qué te pasa?
你怎麼了？

3.1. Escucha y lee. 🎧 MP3-032

¡A practicar! 西語口語，一說就通！

A: ¿Qué te pasa? 你怎麼了？

B: Me duele <u>la espalda</u>. 我背痛。

A: ¿Quieres tomar una aspirina?
你想要服用一顆阿斯匹靈嗎？

B: No, no quiero tomar nada.
不，我不想要服用任何藥物。

3.2. Escucha y lee. 🎧 MP3-033

¡A practicar! 西語口語，一說就通！

A: ¿Qué te pasa? 你怎麼了？

B: No me siento bien. 我覺得不太舒服。

A: ¿Dónde te duele? 你哪裡痛？

B: Me duele <u>la cabeza</u>. Además estoy un poco <u>mareado</u>.
我頭痛。而且我有一點頭暈。

A: A ver… Creo que también tienes fiebre.
我看看…… 我覺得你也發燒了。
Vístete. Voy a llevarte a urgencias.
你要換衣服。我將會帶你去急診。

4. En urgencias
在緊急情況下

4.1. Escucha y repite. 🎧 MP3-034

¡A aprender! 西語句型，一用就會！

¿Qué te pasa?

No estoy bien.
No me siento bien
No me encuentro bien.

Estoy <u>resfriado</u>(a). 我感冒。

 enfermo(a) 生病的

 mareado(a) 頭暈的

Tengo dolor de <u>garganta</u>. 我喉嚨痛。

 espalda 背

 estómago 胃

Tengo <u>fiebre</u>. 我發燒。

 tos 咳嗽 diarrea 腹瀉

 gripe 流感 náuseas 噁心的

 calor 熱的 frío 冷的

Me duele <u>la cabeza</u>. 我頭痛。

 el brazo 手臂 el tobillo 腳踝

Me duelen <u>las muelas</u>. 我臼齒痛。

 los ojos 眼睛 las piernas 腿

4.2. Escucha y lee. MP3-035

A: Buenos días. ¿Qué le pasa?

B: No me siento bien.

A: ¿Dónde le duele?

B: Me duele la garganta y tengo tos.

A: Voy a examinarle. Por favor, respire profundo. Ahora abra la boca, saque la lengua y diga "ah".

B: ¡Ah!

小提醒 「examinar」（檢查）。

4.3. Lee y recuerda.

Imperativo afirmativo: verbos regulares 肯定命令式：規則動詞

原形動詞		**tú**	**usted**
respirar	呼吸	respira	respire
abrir	張開	abre	abra
sacar	拿出來 / 伸出來	saca	saque
decir	說	**di**	diga

Respire profundo. 您深呼吸。

Abra la boca. 您張開嘴巴。

Saque la lengua. 您舌頭伸出來。

Diga "ah". 您說「啊」。

4.4. Mira.

encontrar 找到 / 存在於

abrir 打開 / 開始營業

cerrar 關 / 關門 / 不營業

sacar 拿出來 / 伸出來

4.5. Lee y recuerda.

¡A entender la gramática! 西語文法，一學就懂！

Presente de indicativo: verbos regulares e irregulares

陳述式現在時：規則與不規則動詞

主詞	encontrar（不規則動詞）	abrir	cerrar（不規則動詞）	sacar
yo	encuentro	abro	cierro	saco
tú	encuentras	abres	cierras	sacas
él/ella/usted	encuentra	abre	cierra	saca

Imperativo afirmativo: verbos regulares 肯定命令式：規則動詞

主詞	encontrar（不規則動詞）	abrir	cerrar（不規則動詞）	sacar（不規則動詞）
tú	encuentra	abre	cierra	saca
usted	encuentre	abra	cierre	saque

4.6. Escucha y lee. MP3-036

¡A aprender! 西語句型，一用就會！

encontrar 找到 / 存在於

- No encuentro mis llaves. 我找不到我的鑰匙。
- Mi oficina se encuentra en el quinto piso. 我的辦公室在五樓。
- No me encuentro bien. 我覺得不太舒服。

abrir 打開

- Yo voy a abrir una botella de vino tinto para celebrar. 我將會開一瓶紅酒來慶祝。

- El ambiente está un poco cargado. Abra la puerta, por favor.
  這裡的環境有點悶。請您打開門。

cerrar 關 / 閉上

- Cierren los libros. Vamos a empezar el examen. 您們要把書闔上。我們將會開始考試。

- Tengo una sorpresa para ti. Cierra los ojos. 我要給你一個驚喜。你要閉上眼睛。

sacar 拿出來

- Esta camisa está sucia. Voy a sacarla de la bolsa y ponerla en la lavadora.
  這件襯衫是髒的。我將會把它從袋子拿出來，然後把它放進洗衣機。

- Saca la basura a las ocho de la noche. 你要在晚上八點把垃圾拿出去。

5. La receta médica
醫療處方

5.1. Escucha y repite. 🎧 MP3-037

¡A aprender! 西語句型，一用就會！

Voy a recetarle <u>unas pastillas</u>. 我將會開給您<u>一些藥片</u>。

un jarabe 一瓶藥水	unas cápsulas 一些膠囊
unas píldoras 一些藥丸	unos supositorios 一些肛門塞劑

Tome una pastilla <u>después de cada comida</u>. 每餐飯後吃一顆藥片。

antes de cada comida 每餐飯前	antes de dormir 睡前
cada cuatro horas 每四小時	tres veces al día 一天三次
después del desayuno 早餐後	después de comer 吃完飯後

★ A: ¿Es alérgico a algún medicamento? 您對任何藥物過敏嗎？
  B: Sí, soy alérgico al sulfa. 有，我對磺胺類藥物過敏。

5.2. Practica con tu compañero.

Preguntas	Yo	Amigo A
1. ¿Qué haces cuando no te sientes bien?		
2. ¿Hay algún hospital cerca de tu casa? ¿Dónde está ?		
3. ¿Tomas algún remedio casero?		
4. ¿Qué tipo de medicamento prefieres?		
5. ¿Eres alérgico a algún medicamento?		

5.3. Escucha y lee. 🎧 MP3-038

¡A practicar! 西語口語，一說就通！

A: Vamos a tomarle la temperatura. Treinta y ocho grados.

B: Doctora, ¿qué tengo?

A: No es nada grave. Va a estar bien pronto. ¿Es usted alérgico a algún medicamento?

B: Sí, soy alérgico al sulfa.

A: Vale. Voy a recetarle unas pastillas. Tome dos pastillas después de cada comida y una antes de dormir.

小提醒「Voy a tomarte la temperatura. 」（我來測量你的體溫。）

2. ¡Qué miedo!

1. Voy a ponerle una inyección.

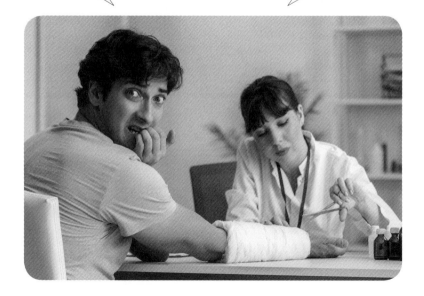

6. No fume
您不要抽菸

6.1. Escucha y repite. 🎧 MP3-039

¡A aprender! 西語句型，一用就會！

No fume. 不要抽菸。

No beba licor. 不要喝酒。

No esté nerviosa. 不要緊張。

No se acueste tarde. 不要晚睡。

No conduzca el coche. 不要開車。

No coma cosas picantes.
不要吃辣的食物。

No tome otro medicamento.
不要服用其他藥物。

¿Ah?

6.2. Lee y recuerda.

¡A entender la gramática! 西語文法，一學就懂！

Imperativo negativo: verbos irregulares 否定命令式：不規則動詞

主詞	動詞字尾是 **ar**	動詞字尾是 **er**	動詞字尾是 **ir**
tú	**-es**	**-as**	**-as**
usted	**-e**	**-a**	**-a**

例句：「No cant**es** esa canción.」（不要唱那首歌。）

「No corr**as** en el parque.」（不要在公園裡跑。）

「No apagu**es** el ordenador.」（不要關電腦。）

「No to**ques** nada.」（不要觸摸任何東西。）

Imperativo negativo: verbos irregulares　否定命令式：不規則動詞

原形動詞	**tú**	**usted**	原形動詞	**tú**	**usted**
hacer	hagas	haga	decir	digas	diga
poner	pongas	ponga	venir	vengas	venga
ir	vayas	vaya	tener	tengas	tenga
salir	salgas	salga	ser	seas	sea

「e」變化成「ie」／「o」變化成「ue」／「e」變化成「i」

主詞	**cerrar**	**atender**	**recordar**	**volver**	**pedir**
tú	cierres	atiendas	recuerdes	vuelvas	pidas
usted	cierre	atienda	recuerde	vuelva	pida

小提醒　請搭配 Lección 3 2.1. 的單字，說出更多西班牙語句子。

6.3. Escucha y lee. 🎧 MP3-040

iA practicar!　西語口語，一說就通！

B: Doctor, ¿qué tengo que hacer para recuperarme más rápido?

A: Pues… no fume, beba mucha agua, no coma cosas picantes, descanse más y lo más importante… tome los medicamentos puntualmente.

B: ¿Dónde puedo comprar los medicamentos?

A: Cómprelos en la farmacia que está enfrente de la clínica. Ellos ofrecen un diez por ciento de descuento a nuestros clientes.

6.4. ¿Qué significa?

¡Vamos a preparar el DELE!

一起來準備 DELE 吧！

1. Describe la fotografía. Tiempo: 2 ó 3 minutos.

¿Dónde le duele?/
¿Cuáles son los síntomas?

¿Qué le pasa?

¿Cuántos días lleva así?

¿Qué cosas no puede hacer?

¿Es alérgico(a) a algún medicamento?

¿Cómo se administra el medicamento?

¿Qué tipo de medicina prefiere?

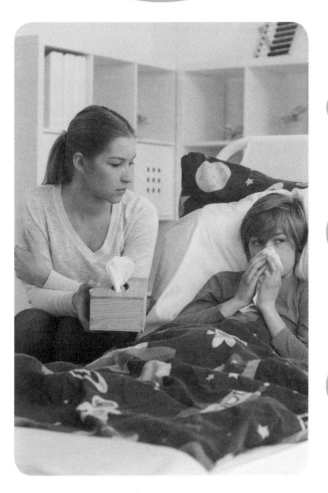

¡Vamos a escribir!
一起來寫西語吧！

1. Responde.

（1）¿Dónde están?

（2）¿Qué deporte practican?

（3）¿Qué le pasa a la chica que está sentada en el piso?

（4）¿Qué le dice la chica que está de pie?

（5）¿Qué van a hacer?

2. Reponde.

（1）¿Qué tipo de medicamentos hay?

（2）¿Cuál prefieres?

（3）¿Cómo se administran?

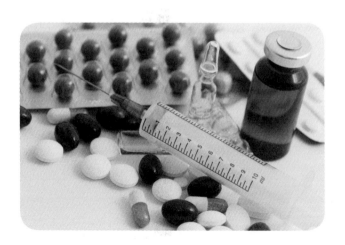

¡Vamos a conversar!
一起來說西語吧！

A: ¿Cómo se siente? 🎧 MP3-041

B: No me encuentro bien.

A: ¿Dónde le duele?

B: Me duele la cabeza, me siento un poco mareado y tengo tos.

A: Voy a examinarle. No esté nervioso. Por favor, respire profundo. Ahora abra la boca, saque la lengua y diga "ah".

B: ¡Ah!

A: Muy bien. Ahora vamos a tomarle la temperatura. Tiene un poco de fiebre. ¿Es usted alérgico a algún medicamento?

B: No, no soy alérgico a nada.

A: No se preocupe. No es grave. Va a estar bien muy pronto. Voy a recetarle unas pastillas. Recuerde, no beba licor, no fume y no coma cosas picantes.

B: Sí, doctora.

A: Estos son los medicamentos. Aquí tiene una caja de pastillas. Tome una pastilla después de cada comida. Esta es una botella de jarabe. Tome una cucharada antes de dormir.

B: Muchas gracias.

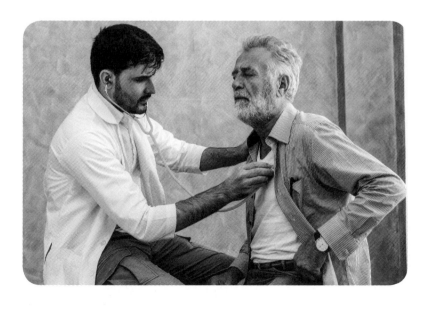

¡Vamos a viajar!
一起去旅行吧！

Panamá 巴拿馬

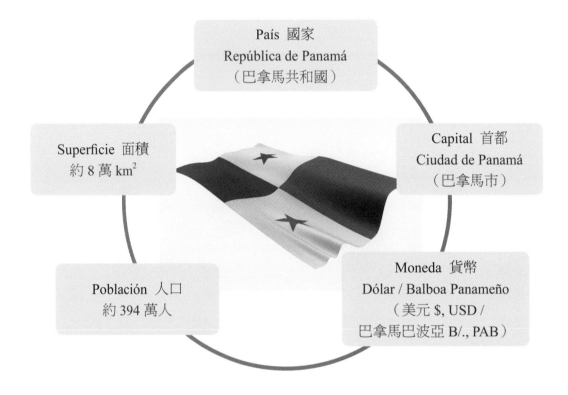

País 國家
República de Panamá
（巴拿馬共和國）

Capital 首都
Ciudad de Panamá
（巴拿馬市）

Superficie 面積
約 8 萬 km²

Moneda 貨幣
Dólar / Balboa Panameño
（美元 $, USD /
巴拿馬巴波亞 B/., PAB）

Población 人口
約 394 萬人

Lugares turísticos 旅遊景點

◑ Ciudad de Panamá

◔⊃ Canal de Panamá

◔ Ciudad de Panamá

◔ Ciudad de Panamá

◔ Guna Yala, San Blas

◑ Bocas del Toro

1. ¡Vamos a tapear!
我們一起去吃西班牙下酒小菜吧！

1.1. Escucha y lee. 🎧 MP3-042

¡A practicar! 西語口語，一說就通！

A: ¿Tienes algún plan para esta tarde?
妳今天下午有任何計畫嗎？

B: No, ninguno. 沒有，沒有任何計畫。

A: ¿Te apetece ir de tapas?
妳想去吃西班牙下酒小菜嗎？

B: Buena idea. ¿A dónde vamos?
好主意。我們要去哪裡呢？

A: ¿Qué te parece si vamos al Bar Tapas?
如果我們去 Tapas 酒吧妳覺得如何？

B. ¡Genial! 棒極了。

1.2. Mira.

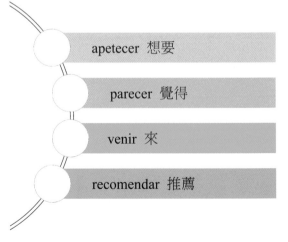

apetecer 想要

parecer 覺得

venir 來

recomendar 推薦

1.3. Lee y recuerda.

¡A entender la gramática! 西語文法，一學就懂！

Verbo apetecer 動詞「apetecer」（想要）

apetecer			
(a mí)	me	apetece	un zumo de naranja
(a ti)	te		escuchar música clásica
(a él/a ella/a usted)	le	apetecen	unas chuletas de cordero

❖ 句型（1）：【（a＋人稱受格）＋間接受格代名詞＋ **apetece** ＋主詞（單數名詞 / 原形動詞）】

　例句：「Me **apetece** un zumo de naranja.」（我想要一杯橙汁。）

　　　　「Estoy muy cansado. No me **apetece** hacer nada.」（我很累。我不想做任何事。）

❖ 句型（2）：【（a＋人稱受格）＋間接受格代名詞＋ **apetecen** ＋主詞（複數名詞）】

　例句：「Me **apetecen** unos churros con chocolate.」（我想要一些炸西班牙油條配巧克力。）

Verbo parecer 動詞「parecer」（覺得）

parecer			
(a mí)	me	parece	elegante	el vestido
(a ti)	te		interesante	viajar en moto
(a él/a ella/a usted)	le	parecen	muy bonitos	los zapatos

❖ 句型（1）：【（a＋人稱受格）＋間接受格代名詞＋ **parece** ＋形容詞（單數）＋主詞（單數）】

　例句：「(A mí) Me **parece** elegante el vestido.」（我覺得這件洋裝很優雅。）

❖ 句型（2）：【（a＋人稱受格）＋間接受格代名詞＋ **parece** ＋形容詞（單數）＋主詞（原形動詞）】

　例句：「(A mí) Me **parece** interesante viajar en moto.」（我覺得騎摩托車旅行很有趣。）

❖ 句型（3）：【（a＋人稱受格）＋間接受格代名詞＋ **parecen** ＋形容詞（複數）＋主詞（複數）】

　　例句：「(A mí) Me **parecen** hermosos estos recuerdos.」（我覺得這一些紀念品很美麗。）

❖ 句型（4）：【（a＋人稱受格）＋間接受格代名詞＋ **parece** ＋ **que** ＋句子】

　　例句：「(A mí) Me **parece que** la fiesta es mañana.」（我覺得派對是明天。）

Presente de indicativo: verbos irregulares 陳述式現在時：不規則動詞

主詞	venir	recomendar
yo	vengo	recomiendo
tú	vienes	recomiendas
él/ella/usted	viene	recomienda

Imperativo afirmativo: verbos irregulares 肯定命令式：不規則動詞

主詞	venir	recomendar
tú	ven	recomienda
usted	venga	recomiende

venir 來

用法（1）：表示從哪個地點來。句型：【主詞＋ **venir** ＋ de ＋地點】。

　　例句：「Yo **vengo** de la biblioteca.」（我從圖書館來。）

用法（2）：表示從某個地點移動到另外一個地點。句型：【主詞＋ **venir** ＋ a ＋地點】。

　　例句：「Mi amigo chileno **viene** a Barcelona.」（我的智利朋友來 Barcelona。）

用法（3）：表示邀請他人參加活動。句型：【主詞＋ **venir** ＋ a ＋地點／事件】。

　　例句：「Yo voy a la fiesta de cumpleaños de Marta. ¿Quieres **venir**?」
　　　　　（我要去 Marta 的生日派對。你想要來嗎？）

recomendar 推薦

- Te recomiendo este restaurante. Es bastante barato y la comida es deliciosa.
  我推薦你這間餐廳。它相當便宜而且食物好吃。

- Recomiéndanos algunos lugares turísticos.
  你推薦我們一些觀光景點。

2. Unas tapas surtidas
一些各式各樣的西班牙下酒小菜

2.1. Escucha y lee. MP3-043

¡A aprender! 西語句型，一用就會！

A: Bienvenidos. ¿Qué van a pedir?

B: Una copa de vino, por favor.

C: Para mí una cerveza bien fría.

A: ¿De comer?

B: Pónganos unas patatas bravas y una ración de jamón ibérico.

A: Aquí tienen.

B: ¿Cuánto es?

A: Treinta y dos con cincuenta.

2.2. Mira.  MP3-044

jamón ibérico 伊比利亞火腿

croqueta 奶油可樂餅

calamares fritos 炸魷魚

chopitos fritos 炸小烏賊

chorizo 西班牙臘腸

patatas bravas 炸薯條

gambas al ajillo 香蒜辣蝦

salpicón de mariscos 海鮮沙拉

2.3. Escucha y lee. MP3-044

¡A practicar! 西語口語，一說就通！

A: ¿Qué es esto?

B: Se llama <u>croqueta</u>. ¿Qué te parece?

A: <u>Deliciosa</u>.

B: ¿Quieres pedir algo más?

A: Sí, pero no sé que pedir. ¿Qué me recomiendas?

B: ¿Qué tal <u>unas gambas al ajillo</u>?

A: Vale. ¡Ah! También me apetece <u>un picho de tortilla de patatas</u>, por favor.

2.4. Escucha y lee.

¡A entender la gramática! 西語文法，一學就懂！

Oraciones subordinadas con que 以「que」連接的從屬句

用法：當動詞的受詞是帶有人稱動詞的句子時，該句子之前要使用 que。常與 que 一起使用的動詞有：creer、decir、 escuchar、 parecer、pensar、recordar、saber、ver。

❖ 句型：【creer/decir/escuchar/parecer/pensar/recordar/saber/ver ＋ **que** ＋句子】

　　例句：「Yo pienso **que** él va a llegar tarde.」（我想他會遲到。）

　　　　　「No le digas **que** llego esta noche.」（不要告訴他我今晚會到。）

3. En el restaurante
在餐廳

3.1. Practica con tu compañero. 🎧 MP3-045

¡A aprender! 西語句型，一用就會！

A: ¿Qué hay sobre la mesa? 桌子上有什麼？

B: Sobre la mesa hay un cuchillo/una cuchara. 桌子上有一把刀 / 一把湯匙。

（1）cuchillo 刀子

（2）tenedor 叉子

（3）cuchara 湯匙

（4）plato 盤子

（5）plato sopero/tazón 湯盤 / 碗

（6）copa 杯子

（7）mantel 桌巾

　　 servilleta 餐巾

3.2. Escucha y lee. 🎧 MP3-046

¡A aprender! 西語句型，一用就會！

A: Este es el restaurante. ¿Qué te parece?

B: Me parece muy <u>elegante</u>.

A: ¿Qué te apetece comer?

B: No sé. ¿Qué me recomiendas?

A: Te recomiendo <u>los calamares fritos o el entrecot de buey a la parrilla</u>.

B: Vale. Voy a pedir <u>los calamares fritos</u>. Y tú, ¿qué vas a comer?

A: Voy a pedir <u>el entrecot de buey a la parrillada</u>. ¿Qué deseas beber?

B: Una botella de vino tinto.

A: ¿Español, chileno o argentino?

B: Argentino. Me parece que esta marca argentina ganó el premio al *Mejor Vino Tinto del Mundo* en el año 2018.

A: ¿De verdad? Pues vamos a probarlo.

小提醒 「calamares fritos」（炸魷魚）、「entrecot/lomo」（菲力牛排）、「ganar el premio」（得獎了）

Menú del día 今日特餐

Primeros platos 前菜
ensalada 沙拉
gazpacho 西班牙冷湯

Segundos platos 主菜
filete de ternera 牛排
pollo frito 炸雞
chuletas de cerdo 豬排

postre incluido 包含甜點

8.95 Euros

4. Pidiendo la comida
點餐

4.1. Escucha y lee. 🎧 MP3-047

¡A aprender! 西語句型，一用就會！

A: ¿Desean pedir? 您想要點餐了嗎？

B: Tráigame un filete de pescado. 請給我一份魚排。

> Deme un salmón ahumado. 給我一份煙燻鮭魚。
>
> Deseo una paella mixta. 我想要一份什錦燉飯。
>
> Me apetece arroz negro. 我想要一份墨魚燉飯。
>
> Todavía no. 還沒（還沒想要點餐）。

A: ¿Cómo desea el filete de ternera? 您的牛排想要幾分熟？

B: Poco hecho. 三分熟

> al punto/en su punto/medio hecho 五分熟
>
> hecho 七分熟
>
> muy hecho 全熟

4.2. Escucha y lee. 🎧 MP3-048

¡A practicar! 西語口語，一說就通！

C: Buenas tardes. ¿Qué desean pedir? 午安。您們想點什麼？

A: Disculpe, ¿qué es el menú del día? 抱歉，今日特餐是什麼？

C: De primero tenemos ensalada rusa o sopa de pollo. 第一道菜我們有俄羅斯風味沙拉或雞湯。

B: Yo quiero ensalada rusa. 我想要俄羅斯風味沙拉。

A: Deme sopa de pollo. 給我雞湯。

C: De segundo tenemos filete de ternera, salmón ahumado o chuletas de cerdo.
第二道菜我們有牛排、煙燻鮭魚或豬排。

A: Me apetece un filete de ternera. 我想要一份牛排。

C: ¿Cómo lo desea? 您想要幾分熟？

A: Poco hecho. 三分熟。

B: Para mí, un salmón ahumado, por favor. 請給我一份煙燻鮭魚。

C: De postre le ofrezco arroz con leche o helado. 甜點我們提供米布丁或冰淇淋。

A: Uno de cada uno, por favor. 請給我們各一個。

C: ¿Qué desean beber? 您們想要喝什麼？

A: Una botella de vino, por favor. 請給我一瓶紅酒。

5. Peticiones
請求服務

5.1. Escucha y lee. MP3-049

¡A aprender! 西語句型，一用就會！

A: Perdone, ¿me trae <u>un poco más de hielo</u>, por favor?
抱歉，可以請您給我多一些冰塊嗎？

B: Inmediatamente/De inmediato. 馬上來。

(una) cuchara	一把湯匙
(un) tenedor	一隻叉子
(un) cuchillo	一把刀子
(un par de) palillos chinos	一雙筷子
(un) plato	一個盤子
(un) vaso	一個杯子
(una) copa	一個酒杯
(unas) servilletas	一些餐巾紙

un poco más de…	多一點……
mayonesa	美乃滋
salsa de tomate	番茄醬
kétchup	番茄醬
mostaza	芥末
pan	麵包
arroz	飯
limón	檸檬

¿Me trae <u>un tenedor</u>, por favor?

Sí, señor.

6. Prueba estas empanadas
試試這些餡餅

6.1. Escucha y lee. 🎧 MP3-050

¡A practicar! 西語口語，一說就通！

A: Hoy vamos a comer unos platos típicos de Hispanoamérica.

B: ¡Fantático! Oye, ¿qué es esto?

A: Tamal. Toma uno. Estoy seguro que te va a gustar.

B: Mmm... ¡Está sabroso!

A: ¡Ah! Prueba estas empanadas. También están riquísimas.

B: Gracias. ¿Puedo pedir otra horchata?

A: ¡Claro! Pídela. Yo voy a pedir un mate.

小提醒 「tamal」（玉米粽）、「¡Está sabroso!」（很好吃！）、「horchata」（墨西哥肉桂米漿）、「mate」（瑪黛茶）。

6.2. Lee y recuerda.

¡A entender la gramática! 西語文法，一學就懂！

Imperativo afirmativo: verbos regulares 肯定命令式

用法（1）：表達建議或邀請做某事。

例句：「Come otra porción de pizza.」（你再吃一片披薩。）

「Toma otro vaso de zumo de naranja.」（你再喝一杯柳橙汁。）

「Coge dos pasteles. Los pasteles están deliciosos.」
（你拿兩個蛋糕。這些蛋糕很好吃。）

用法（2）：提供建議。

例句：「Reserva un hotel cerca de la estación, porque tenemos que tomar el tren muy temprano.」（你要預約一間在火車站附近的飯店，因為我們必須很早搭火車。）

Compra esa camisa azul. Me parece que te queda muy bien. 你要買那件藍色襯衫。我覺得它非常適合你。

用法（3）：給予許可。

例句：

★ A: ¿Puedo abrir la puerta? 我可以開門嗎？

   B: Sí, ábrela. 可以，你開吧。

★ A: Disculpe, ¿puedo pasar? 抱歉，我可以進去嗎？

   B: Sí, claro. Pase, pase. 可以，當然。您請進。

7. La cuenta, por favor
請給我帳單

7.1. Escucha y lee. 🎧 MP3-051

¡A aprender! 西語句型，一用就會！

A: Disculpa, ¿cuánto es? 抱歉，多少錢？

B: ¿Pagan todo junto? 一起支付所有費用嗎？

A: Sí, por favor. 是的，請。

B: Vale. Son treinta y seis con diez. 好的。是三十六元十分。

8. Entrega a domicilio
外送到家

8.1. Escucha y lee. 🎧 MP3-052

¡A practicar! 西語口語，一說就通！

A: Buenas noches, *Pizza Real*. Le atiende Julia Torres. ¿Qué desea?

B: Quiero pedir una *pizza marinera* grande.

A: Le ofrezco la promoción *dos por uno* con refresco incluido.

B: ¿Cuánto cuesta esa oferta?

A: Quince euros.

B: Vale, deme una.

A: ¿Para entregar a domicilio o para recoger en la tienda?

B: A domicilio.

A: Su nombre, su dirección y número de teléfono, por favor.

B: Marcos Rodríguez, calle Goya, número diez, segundo A. Mi teléfono es 91 440 60 50.

A: ¿Paga con tarjeta de crédito o en efectivo?

B: Con tarjeta de crédito.

A: Su pedido es el número 134 y va a llegar a su casa en veinte minutos.

小提醒 「refresco」（飲料）、「entregar a domicilio」（外送到家）、「recoger en la tienda」（到店自取）。

¡Vamos a preparar el DELE!

一起來準備 DELE 吧！

1. Describe la fotografía. Tiempo: 2 ó 3 minutos.

（1） ¿Qué le dice el señor Quesada a la camarera?

（2） ¿Qué responde la camarera?

（3） ¿Qué ordenan de primer plato? ¿Segundo plato?

（4） ¿Qué hace Cristina? ¿Y sus compañeros?

（5） ¿Qué hay sobre la mesa?

¡Vamos a escribir!
一起來寫西語吧！

1. Responda.

（1） ¿Con quién sales a comer fuera?

_____

（2） ¿Qué te apetece comer?

_____

（3） ¿Qué te parece el restaurante?

_____

（4） ¿Por qué no vienes a la fiesta?

_____

（5） ¿Cuál película me recomiendas?

_____

（6） ¿Tienes algún plan para este fin de semana?

_____

（7） ¿Pagan todo junto?

_____

（8） ¿Qué deseas ordenar?

_____

（9） ¿Cómo deseas el filete de ternera?

_____

（10） En la mesa no hay cubiertos. ¿Qué hacemos?

_____

¡Vamos a conversar!
一起來說西語吧！

 MP3-053

A: Buenas tardes. ¿Desean pedir?

B: Todavía no. Disculpe, ¿tiene una carta en inglés?

A: Sí, claro. Aquí tiene.

B: Camarero, por favor.

A: ¿Qué desean comer?

B: Deme unas chuletas de cordero.

C: Para mí, una merluza a la romana.

A: ¿Y de beber?

B: Una botella de vino tinto.

C: Y una botella de agua mineral sin gas.

B: ¡Camarero!

A: Dígame.

B: ¿Nos trae unas servilletas, por favor?

A: Inmediatamente.

B: La cuenta, por favor.

A: ¿Desean pagar con tarjeta de crédito o en efectivo?

B: Con tarjeta de crédito.

¡Vamos a viajar!
一起去旅行吧！

Cuba 古巴

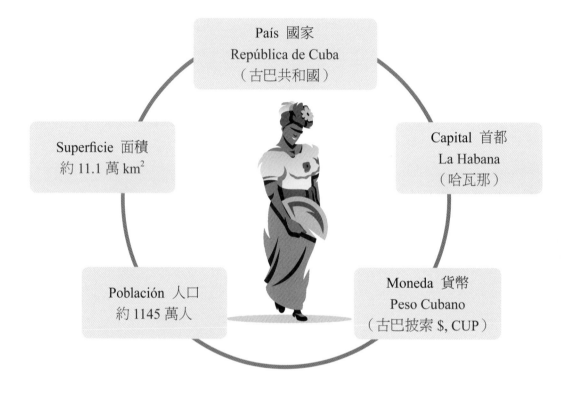

País 國家
República de Cuba
（古巴共和國）

Capital 首都
La Habana
（哈瓦那）

Superficie 面積
約 11.1 萬 km^2

Moneda 貨幣
Peso Cubano
（古巴披索 $, CUP）

Población 人口
約 1145 萬人

Lugares turísticos 旅遊景點

 La Habana

⌂ Catedral de la Habana, La Habana

⊂ Gran Teatro de La Habana, La Habana

⊃ Santa Clara, Provincia de Villa Clara

⊅ Varadero, Provincia de Matanzas

◑ Trinidad, Provincia de Sancti Spíritus

◔ Valle de Viñales, Provincia de Pinar del Río

7 Viajando alrededor del mundo
環遊世界

1. ¡Qué ciudad tan hermosa!
多麼美麗的城市啊！

1.1. Mira la foto y practica el diálogo. 🎧 MP3-054

¡A aprender! 西語句型，一用就會！

A: Adivina, ¿qué país es?

B: Creo que es España.

A: ¿Conoces algunos de estos lugares turísticos?

B: Sí, yo conozco algunos. Por ejemplo, el Templo de Debod, la Puerta de Alcalá, la Plaza Mayor y la Plaza de Cibeles./ No, no conozco ninguno.

A: ¿Cómo es la Plaza Mayor?

B: Pienso que es un lugar turístico, divertido y famoso.

1.2. Practica con tu compañero. 🎧 MP3-055

moderno(a) 現代的	antiguo(a) 古老的	famoso(a) 有名的
turístico(a) 觀光的	barato(a) 便宜的	caro(a) 貴的
divertido(a) 好玩的	aburrido(a) 無聊的	ruidoso(a) 吵鬧的
tranquilo(a) 安靜的	limpio(a) 乾淨的	sucio(a) 骯髒的
seguro(a) 安全的	peligroso(a) 危險的	

1.3. Lee y recuerda.

¡A entender la gramática! 西語文法，一學就懂！

Los indefinidos 不定詞

	不定詞作為代名詞與形容詞			
	肯定句		否定句	
singular 單數	alguno	alguna	ninguno	ninguna
plural 複數	algunos	algunas	ningunos（不常用）	ningunas（不常用）

	不定詞作為代名詞	
	肯定句	否定句
persona 人	alguien	nadie
cosa 物	algo	nada

說明：「alguno」和「ninguno」放在陽性單數名詞前面時，必須省略字尾的字母「o」。

★ A: ¿Hay **algún** parque cerca de aquí?
　　這附近有任何公園嗎？

　 B: Sí, hay un parque al lado de la biblioteca./No, no hay **ningún** parque.
　　有，圖書館旁邊有一座公園。/ 沒有，沒有任何公園。

用法（1）：用來表示不確定或不具體的數量。

★ A: ¿Tienes **algún** libro de Gabriel García Márquez?
　　妳有任何 Gabriel García Márquez 的書嗎？

　 B: Sí, tengo **algunos**./No, no tengo **ninguno**.
　　有，我有一些。/ 沒有，我沒有任何一本。

★ A: ¿Tienes **alguna** camisa azul?
　　妳有任何藍色的襯衫嗎？

　 B: Sí, tengo **algunas**./No, no tengo **ninguna**.
　　有，我有一些。/ 沒有，我沒有任何一件。

用法（2）：「alguien」和「nadie」只能用來指人。

★ A: ¿Conoces a **alguien**?
　　妳認識任何人嗎？

　 B: Sí, conozco **algunas** personas./No, no conozco a **nadie**.
　　是，我認識一些人。/ 不，我不認識任何人。

用法（3）：「algo」和「nada」只能用來指物。

★ A: ¿Quieres comer **algo**?
　　妳想吃一些東西嗎？

　 B: Sí, quiero una hamburguesa./No, no quiero **nada**.
　　是，我想吃一個漢堡。/ 不，我不想吃任何東西。

1.4. Complete la oración con el indefinido correcto.

（1）¿Conoces a _____?

（2）¿Hay _____ banco cerca de aquí?

（3）_____ quiere ir a la fiesta.

（4）¿Deseas tomar _____?

（5）_____ arquitectos trabajan este fin de semana.

2. Las vacaciones de verano
暑假

2.1. Mira.

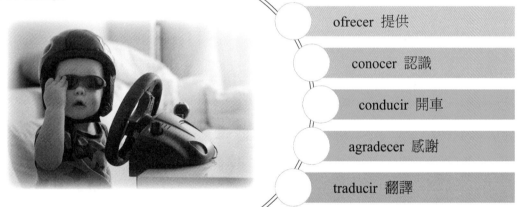

ofrecer 提供

conocer 認識

conducir 開車

agradecer 感謝

traducir 翻譯

2.2. Lee y recuerda.

¡A entender la gramática! 西語文法，一學就懂！

Presente de indicativo: verbos irregulares 陳述式現在時：不規則動詞

主詞	ofrecer	conocer	conducir	agradecer	traducir
yo	ofrezco	conozco	conduzco	agradezco	traduzco
tú	ofreces	conoces	conduces	agradeces	traduces
él/ella/usted	ofrece	conoce	conduce	agradece	traduce

相同變化的動詞：「merecer」（值得 / 應得）、「obedecer」（遵守）、「producir」（生產）、「reducir」（減少）、「reconocer」（認可）。

Imperativo afirmativo: verbos irregulares 肯定命令式：不規則動詞

主詞	ofrecer	conocer	conducir	agradecer	traducir
tú	ofrece	conoce	conduce	agradece	traduce
usted	ofrezca	conozca	conduzca	agradezca	traduzca

2.3. Escucha y lee. 🎧 MP3-056

¡A aprender! 西語句型，一用就會！

ofrecer 提供

- Mi jefe me ofrece la oportunidad de trabajar en el extranjero.
  我的老闆提供給我出國工作的機會。

- Ofrécele algo de comer. 你要提供一點吃的東西給他。

conocer 認識

- Yo conozco a esa persona. 我認識那個人。

- Viaja y conoce las bellas ciudades de nuestro país. 你要旅行並認識我們國家的美麗城市。

conducir 開車

- Yo conduzco el coche de mi hermano hoy. 我今天開我哥哥的車。

- Conduzca más despacio. 您開車要開得慢一點。

agradecer 感謝

- Te agradezco la ayuda. 感謝你的幫忙。

traducir 翻譯

- Yo traduzco este documento al chino. 我來把這份文件翻譯成中文。

- Tradúzcame lo que dice, por favor. 請您翻譯他對我説的話。

2.4. Practica con tu compañero.

Preguntas	Yo	Amigo A
1. ¿Qué países conoces?		
2. ¿Cuánto descuento te ofrece?		
3. ¿Cuándo conduces el coche?		
4. ¿Quién te traduce el documento?		

2.5. Escucha y lee. MP3-057

¡A practicar! 西語口語，一說就通！

A: ¿Tienes algún plan para las vacaciones de Año Nuevo Lunar?
妳農曆新年假期有任何計畫嗎？

B: No, no tengo ninguno. ¿Y tú? 沒有，我沒有任何計畫。你呢？

A: Pues quiero ir a Europa pero no sé a dónde ir. 嗯，我想去歐洲但是我不知道可以去哪裡。

B: ¿Por qué no vas a una agencia de viajes y preguntas por sus excursiones?
你為什麼不去一家旅行社並詢問他們的旅遊行程？

A: Buena idea. ¿Hay alguna agencia de viajes cerca? 好主意。附近有任何旅行社嗎？

B: Sí, hay una en frente del Parque Central. Yo conozco a la asesora de viajes.
有，中央公園對面有一家。我認識一位旅遊顧問。

A: Genial. ¿Qué tal los precios? 太棒了。價格如何？

B: La agencia de viajes tiene precios baratos. Además, ella siempre me ofrece un diez por ciento de descuento en los billetes de avión.
旅行社價格便宜。此外，她總是提供給我百分之十的機票折扣。

A: ¿Y eso? 為什麼呢？

B: Es que yo a veces le ayudo a traducir algunas cartas del español al inglés. ¿Quieres ir a preguntar después del trabajo?
是因為我有時候會幫忙她把一些西班牙語信件翻譯成英語。下班後你想要過去詢問嗎？

A: Vale. ¿Vamos a pie? 好。我們一起走路去嗎？

B: No, yo conduzco el coche. Te veo en la entrada del edificio a las dos en punto.
不，我開車。二點鐘在大樓入口處見。

3. En la agencia de viajes
在旅行社

3.1. Mira las siguientes fotos y responde a las preguntas.

A: ¿Cómo se llama este lugar?

B: Creo que se llama *Isla de Pascua*.

A: ¿En qué país está?

B: Me parece que está en Chile.

A: ¿Cómo es el lugar?

B: Pienso que es un lugar hermoso.

A: ¿Qué se puede hacer?

B: Muchas cosas. Por ejemplo, conocer su cultura, hacer fotos y comer su comida tradicional.

3.2. Lee y recuerda.

Expresando opinión 表達意見

❖ 句型（1）：【Para mí/En mi opinión/Desde mi punto de vista ＋你的意見】

例句：「Para mí, Antonio es más simpático.」（對我來説，Antonio 更友善。）

❖ 句型（2）：【Creo/Pienso/Opino/Considero/Me parece ＋ que ＋你的意見】

例句：「Creo que esta excursión es muy divertida.」（我覺得這趟旅遊行程很好玩。）

3.3. Escucha y lee. 🎧 MP3-059

A: Bienvenida. ¿En qué puedo ayudarle?

B: Deseo información sobre sus excursiones.

A: ¿A dónde desea viajar?

B: Pues, no sé. Yo busco un lugar seguro, interesante y con monumentos históricos.

A: ¿Cuánto es su presupuesto?

B: Pues, no deseo gastar más de 1000 euros.

A: Mire, le ofrezco estos paquetes.

小提醒 「¿Cuánto es su presupuesto?」（你的預算是多少？）、「gastar」（花費）。

139

4. ¿A quién invitamos?

我們邀請誰？

4.1. Escucha y lee. 🎧 MP3-060

¡A aprender! 西語句型，一用就會！

A: ¿Qué te parece si invitamos a <u>Mauricio</u>? 如果我們邀請 Mauricio 妳覺得如何？

B: Buena idea. Pienso que es una persona muy <u>responsable</u>.
好主意。我覺得他是一個很負責的人。

> No estoy de acuerdo. Opino que él es un poco <u>antipático</u>.
>
> No. Creo que a él no le gusta <u>la playa</u>.
>
> No. Me parece que él no tiene <u>vacaciones</u>.
>
> No. Él siempre dice que prefiere viajar <u>solo</u>.

4.2. Practica con tu compañero. 🎧 MP3-061

Adán　Lucía　Daniela　Arturo　Darío

Sara　Edgar　Gilberto　Claudia　Gustavo

Jaime　Laura　Emilia　Martín　Néstor

Ariadna　Rubén　Santiago　Sergio　Nadia

gracioso(a) 風趣的		alegre 開心的	
interesante 有趣的		generoso(a) 大方的	
estudioso(a) 勤學的		trabajador/-a 勤勞的	
simpático(a) 親切的		ordenado(a) 有條理的	
responsable 負責任的		puntual 準時的	
educado(a) 有禮貌的		serio(a) 嚴肅的	

perezoso(a) 懶惰的		chismoso(a) 八卦的	
egoísta 自私的		orgulloso(a) 驕傲的	
antipático(a) 不友善的		desordenado(a) 凌亂的	
irresponsable 不負責任的		impuntual 不準時的	

小提醒 （1）為了表達形容詞的相反意思，可使用：**IM**（puntual/**im**puntual, paciente/**im**paciente）、 **I**（legal/**i**legal, lógico/**i**lógico）、**IR**（responsable/**ir**responsable, real/**ir**real）、 **DES**（ordenado/**des**ordenado, confiado/**des**confiado）、**MAL**（educado/**mal**educado）、 **A**（normal/**a**normal）、**ANTI**（simpatico/**anti**pático）。

（2）上述西班牙語形容詞一樣都有陽性與陰性、單數與複數之分。

4.3. Escucha y lee. 🎧 MP3-062

¡A practicar! 西語口語，一說就通！

A: Esta es la lista de los amigos que podemos invitar a la excursión. A ver... ¿qué te parece si le decimos a nuestros ex compañeros de universidad, Francisco y Carlos?

B: Con respecto a Francisco, no estoy de acuerdo. Me parece que es una persona muy impuntual. En cuanto a Carlos, creo que es una buena idea. Carlos es bastante extrovertido y gracioso.

A: Vale. El próximo es Ricardo. ¿Qué opinas?

B: Genial. Pienso que es una persona simpática y responsable.

5. Una llamada telefónica
一通電話

5.1. Escucha y lee. 🎧 MP3-063

¡A aprender! 西語句型，一用就會！

Contestar el teléfono 接電話

- ¡Hola!/¿Aló?/¿Si?

- Buenos días./Buenas tardes./Buenas noches.

- ¿Dígame?/¿Diga?

- Compañía *AMIGO*, ¿en qué puedo ayudarle?

Preguntar por una persona 指名找人

- ¿Está Natalia?/¿Se encuentra Luisa?

- Me comunica con el señor Villalobos.

- ¿Podría comunicarme con la señora Fernández?

Error en la llamada 打錯電話

- Se ha equivocado.   - Está equivocado.

Preguntar por la identidad de la persona que llama 詢問來電者身分

- ¿De parte de quién?/¿Quién llama?

Presentarse 介紹自己

- Mi nombre es Alfonso Castillo, de la compañía *Moda*.

- Me llamo Ramón Ramírez. Vengo de la empresa *Ideal*.

Comunicando 溝通

- Sí, soy yo.   - Está en una reunión.

- Un momento.   - Lo siento. No está.

Dejando un mensaje 留言

★ A: ¿Desea dejarle un mensaje?

B: Sí. Dígale que me llame.

★ A:¿Quiere dejarle un recado?

B:No, gracias. Yo le llamo más tarde.

Despedida 告別

· Nos vemos.

· Hasta luego./Adiós.

· Hablamos luego.

5.2. Escucha y lee. MP3-064

¡A practicar! 西語口語，一說就通！

A: Buenas tardes. Despacho de Abogados *La Ley*.

B: Disculpe, ¿se encuentra el señor Alberto Alvarado?

A: ¿De parte de quién?

B: Mi nombre es Sonia Castillo. Soy su ex compañera de universidad.

A: Un momento, le comunico.

Unos minutos después…

A: Mire, él está en una reunión.

¿Desea dejarle un mensaje?

B: Sí. Dígale que me llame.

5.3. Practica con tu compañero.

A: Pregunta por una persona.

B: La persona no se encuentra.

A: Pregunta por una persona.

B: Es ella./La persona se pone.

A: Pregunta por una persona.

B: Se ha equivocado de número de teléfono.

A: Pregunta por una persona.

B: La persona está ocupada.

A: Deja un mensaje.

5.4. Escucha y lee. MP3-065

A: ¿Diga?

B: ¿Sonia? Soy Alberto. La secretaria me dijo que me llamaste. ¿En qué puedo ayudarte?

A: ¡Alberto! ¡Qué alegría escucharte! Mira, ¿te gustaría ir a *Antigua*?

B: ¿Guatemala?

A: Sí. La agencia de viajes *Mundo* tiene una excursión bastante barata. Además, nos ofrece un cuarenta por ciento de descuento si hacemos un grupo de seis personas.

B: Suena interesante. ¿Cuándo es la excursión? ¿Tienes el itinerario?

A: La excursión sale el 25 de julio y regresa el 2 de agosto. Te mando el itinerario por correo electrónico. ¿Te parece?

B: De acuerdo. Oye, tengo vacaciones para esos días. Yo me apunto.

小提醒 「Yo me apunto.」（算我一個。）

2. ¡Vale!
Yo me apunto.

1. ¿Te gustaría ir a la playa?

6. Esta excursión es más interesante
這個旅遊行程更有趣

6.1. Escucha y lee. MP3-066

A: ¿Vamos a París?

B: Buena idea.

> Mejor vamos a *Chichen Itzá*.
> Pues, yo prefiero *Taj Mahal*.
> Lo siento. No puedo ir. Es que tengo que trabajar en esos días.

A: ¿Qué te parece la excursión A?

B: Creo que es más divertida que la excursión B.

> Pienso que es menos peligrosa.
> Opino que la excursión A es tan divertida como la excursión C.
> Me parece que la otra excursión es más interesante.

1. Pienso que la comida mexicana es muy picante.

2. Por supuesto.

3. Tienes razón.

4. ¡Qué va! La comida coreana es más picante.

5. ¡Es verdad! Estoy de acuerdo contigo.

6.2. Lee y recuerda.

¡A entender la gramática! 西語文法，一學就懂！

Forma comparativa de los adjetivos 形容詞的比較級

說明（1）：形容詞的陽性和陰性、單數和複數，要跟這個形容詞所形容的人或物保持一致。

說明（2）：如果放在一起比較的二者（人或物），比較順序為陰性／陽性，就必須使用形容詞的陰性變化。反之，比較順序為陽性／陰性，就必須使用形容詞的陽性變化。

❖ 較高程度的比較。句型：【**más**+ 形容詞 +**que**】

　　例句：「La excursión a México es **más** barata **que** la excursión a Chile.」
　　　　（墨西哥的旅遊行程比智利的旅遊行程便宜。）

❖ 較低程度的比較。句型：【**menos**+ 形容詞 +**que**】

例句：「Eduardo es **menos** trabajador **que** Alejandra.」（Eduardo 不如 Alejandra 勤勞的。）

❖ 相同等級的比較。【**tan**+ 形容詞 +**como**】

例句：「Yo soy **tan** guapo **como** ese actor.」（我和那個演員一樣帥。）

小提醒 在西語國家，人們通常會使用「no tan ＋ 正向意思形容詞」，來替代「más ＋ 負向意思形容詞」
或是「menos ＋ 正向意思形容詞」，請特別注意。例如：「Mi novio es más tonto que el
tuyo.」（我的男朋友比你笨。），較常講成：「Mi novio es menos inteligente que el tuyo.」（我
的男朋友不如你聰明。）

6.3. Escucha y lee. 🎧 MP3-067

¡A practicar! 西語口語，一說就通！

A: ¿Qué te parece la excursión A?

B: Pienso que es bastante interesante pero es más cara que la excursión B.

A: Es que visita más lugares. Además, la excursión incluye el desayuno y el transporte.

B: Yo prefiero la excursión C. Es más barata que la excursión A y B.

A: A ver… ¡Ah! Mira el itinerario. La excursión C no incluye el transporte.

B: Tienes razón. Así la excursión C es tan cara como la excursión A y B.

Mmm… Oye, ¿qué tal si vamos a México?

A: ¿México?

B: Sí. Así podemos conocer la cultura maya y azteca, pasear por las ciudades coloniales, cantar con los mariachis, comer tacos y...

A: ¡Vale! Suena genial.

B: Mira, este es el itinerario. La excursión cuesta un poco más cara pero incluye las tres comidas, el transporte y las entradas.

A: ¿Cuál es el número de teléfono de la agencia de viajes? Voy a reservar la excursión inmediatamente.

¡Vamos a preparar el DELE!

一起來準備 DELE 吧！

1. Describe la fotografía. Tiempo: 2 ó 3 minutos.

👍 **Guía**

（1）¿ Qué época del año es?

（2）¿Dónde están?

（3）¿Cómo es el lugar?

（4）¿Quiénes son las personas de la foto?

（5）¿Cómo son físicamente? ¿Y de carácter?

（6）¿Qué hacen?

¡Vamos a escribir!
一起來寫西語吧！

1. Describe a tu pareja ideal y tu amigo ideal.

2. Completa.

（1）Pienso que Ciudad de México es muy _____.

（2）¿Tienes _____ libro en español?

（3）No conozco a _____.

（4）Le _____ un diez por ciento de descuento.

（5）Marcos no desea comprar _____.

（6）Le _____ su apoyo.

（7）Esta _____ me parece muy interesante.

（8）¿Cuánto es su _____?

（9）Antonio es _____ responsable que Carlos.

（10）¿Se _____ el señor Camacho?

（11）No te preocupes. Emilia te _____ el documento.

（12）Se ha _____.

ofrezco	algún	excursión	nadie
divertida	más	nada	agradezco
traduce	presupuesto	encuentra	equivocado

¡Vamos a conversar!
一起來說西語吧！

A: Disculpe, ¿se encuentra Marta?　　　　　🎧 MP3-068

C: ¿De parte de quién?

A: Soy Marcos, su compañero de universidad.

C: Un momento, le comunico.

Unos minutos después…

B: ¿Aló?

A: Marta, soy Carlos. Oye, ¿tienes algún plan para las vacaciones de verano?

B: No, no tengo ninguno. ¿Y tú?

A: Pues, quiero tomar una excursión a México.

B: ¡México! Mi primo Antonio dice que es un país muy peligroso.

A: ¡Qué va! Todo lo contrario. Es un país muy interesante, con muchos edificios coloniales, parques nacionales, playas, pirámides y los atlantes de Tula. Además, la gente es muy simpática y la comida es deliciosa. ¿Te gustaría ir?

B: Suena genial. ¿Cuánto cuesta la excursión?

A: Cien euros, pero la agencia de viajes me ofrece un cuarenta por ciento de descuento si hacemos un grupo de cinco personas.

B: Fantástico. Me apunto. ¿Puedes enviarme el itinerario?

A: ¡Claro! Te lo voy a enviar ahora mismo.

¡Vamos a viajar!
一起去旅行吧！

Ecuador 厄瓜多

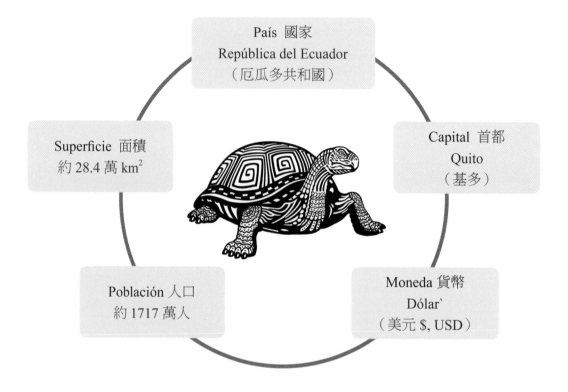

País 國家
República del Ecuador
（厄瓜多共和國）

Capital 首都
Quito
（基多）

Superficie 面積
約 28.4 萬 km²

Moneda 貨幣
Dólar`
（美元 $, USD）

Población 人口
約 1717 萬人

Lugares turísticos 旅遊景點

↻ ➲ Quito

↪ Ciudad Mitad del Mundo, Quito

⊂ Catedral de la Inmaculada Concepción, Cuenca

↪ Volcán Chimborazo, Chimborazo

⊂ Nariz del Diablo, Alausí

⊂ Islas Galápagos

⊍ Reserva de Producción de Fauna Cuyabeno (RPFC), Provincia de Sucumbíos

8 *Haciendo los preparativos para el viaje*
為旅行做準備

1. Los preparativos para el viaje
旅行準備

1.1. Escucha y lee. 🎧 MP3-069

¡A aprender! 西語句型，一用就會！

A: ¿Qué debemos hacer antes del viaje?
旅行前我們應該做什麼？

B: Primero, tenemos que <u>solicitar el visado</u>.
首先，我們必須<u>申請簽證</u>。

A: Segundo, debemos <u>buscar información sobre los lugares turísticos</u> y preparar el itinerario ¿Alguna otra cosa más?
第二，我們應該<u>尋找關於旅遊景點</u>的<u>資料</u>和準備行程表。還有別的嗎？

B: ¡Ah! Hay que <u>vacunarse</u>. 啊！必須<u>接種疫苗</u>。

Actividades	
1. solicitar el visado	申請簽證
2. tomar una fotografía del rostro 32×26mm	拍證件照
3. comprar el billete de avión	買機票
4. reservar una habitación	訂房間
5. cambiar dinero	兌換外幣
6. vacunarse	打疫苗
7. comprar medicinas	買藥
8. comprar una guía de viajes	買旅遊指南
9. preparar el itinerario	準備行程
10. hacer la maleta	準備行李

1.2. Lee y recuerda.

¡A entender la gramática! 西語文法，一學就懂！

Verbos tener/deber/haber 動詞 tener/deber/haber

❖ 動詞「tener」（必須）：表達某人非做不可的義務與責任，或者強烈推薦某事。

句型：【主詞＋ **tener** ＋ **que** ＋動詞不定式（原形動詞）】

例句：「Yo **tengo que** llevar mis medicinas.」（我必須帶我的藥。）

「Tú **tienes que** probar el pastel de chocolate. Está delicioso.」
（你必須嘗試這個巧克力蛋糕。它很美味。）

❖ 動詞「deber」（應該）：表達當人們感到有義務或責任，但該義務或責任可做也可不做。或是當人們給予建議，該建議可做也可不做。

句型：【**deber** ＋動詞不定式（原形動詞）】

例句：「Yo **debo** buscar información sobre la comida tradicional del país.」
（我應該尋找關於這個國家傳統食物的資訊。）

❖ 動詞「haber」（必須）：表達某情況下，所有人都必須做的義務或責任，而此義務或責任非關個人、具有普遍性。

句型：【**hay** ＋ **que** ＋動詞不定式（原形動詞）】

例句：「**Hay que** vacunarse.」（必須接種疫苗。）

1.3. Mira.

deber 應該

solicitar 申請

reservar 預訂

preparar 準備

probar 試 / 嘗試 / 試穿

1.4. Lee y recuerda.

Presente de indicativo: verbos regulares e irregulares

陳述式現在時：規則與不規則動詞

主詞	deber	solicitar	reservar	preparar	probar（不規則動詞）
yo	debo	solicito	reservo	preparo	pruebo
tú	debes	solicitas	reservas	preparas	pruebas
él/ella/usted	debe	solicita	reserva	prepara	prueba

1.5. Escucha y lee. MP3-070

deber 應該

- Recuerda, debes comprar un seguro de viajes. 記得，你應該買旅遊保險。

solicitar 申請

- Yo voy a solicitar un préstamo para comprar un coche. 我將會申請貸款買車。

- Solicita el visado en la Embajada de España. 你要在西班牙大使館申請簽證。

reservar 預訂

- Yo siempre reservo este hotel. Me parece que es muy limpio y está muy bien comunicado.
  我總是預訂這家飯店。我覺得它非常乾淨而且交通非常方便。

- Reserva una habitación doble con camas individuales, por favor.
  請你預訂一間有二張單人床的雙人房。

preparar 準備

- Yo preparo el itinerario con mis amigos. 我和我的朋友們一起準備行程。

- Prepara la presentación del producto inmediatamente.
  你要馬上準備產品簡報。

probar 試 / 嘗試 / 試穿

- Yo siempre pruebo todo tipo de comida cuando viajo. 我旅行時總是嘗試各種食物。
- Prueba este postre. Está riquísimo. 你要嘗試這個甜點。它非常好吃。
- Yo voy a probarme esta camisa. 我將要試穿這件衣服。

2. En el hotel
在飯店

2.1. Escucha y lee. 🎧 MP3-071

¡A aprender! 西語句型，一用就會！

Deseo una habitación <u>que de a la piscina</u>. 我想要一個面向游泳池的房間。

que de a la playa 面向海灘	con balcón 有陽台
que de a la calle 面向街道	en el quinto piso 在五樓

¿Me puede traer otra <u>almohada</u>, por favor? 可以請您再給我一個枕頭嗎？

(otro) cepillo de dientes 牙刷	botella de gel de ducha 沐浴乳（瓶）
maquinilla de afeitar 刮鬍刀	botella de champú 洗髮精（瓶）

2.2. Practica con tu compañero. 🎧 MP3-072

¡A practicar! 西語口語，一說就通！

A: Buenas tardes. Tengo una reserva a nombre de <u>Miguel Corrales</u>.
B: ¿Me permite su pasaporte, por favor?
A: Aquí tiene. Deseo una habitación <u>que de a la piscina</u>.
B: De acuerdo. Complete este formulario, por favor.
   Su habitación es la número <u>setenta y dos</u>. Está en el <u>séptimo</u> piso.
   El desayuno es de 6:30 a 10:00 en el segundo piso.
   El ascensor está a la izquierda del bar.
A: Disculpe, ¿dónde está el gimnasio?
B: Está en el décimo piso. Está abierto las 24 horas.
A: Muchas gracias.
B: Para servirle. ¡Bienvenidos!

2.3. Practica con tu compañero. MP3-073

A: Recepción, buenas noches. Le atiende <u>Marta Sánchez</u>. ¿En qué puedo ayudarle?

B: Disculpe, ¿cuál es la contraseña del internet inalámbrico?

A: La clave es *mejor*. <u>Eme-E-Jota-O-Erre</u>, todas las letras en minúscula.

B: Gracias. Por otra parte, ¿me puede traer <u>otra almohada</u>, por favor?

A: En un momento se <u>la</u> llevo.

小提醒 「internet inalámbrico/WIFI」（無線網路）、「contraseña/clave」（密碼）、「minúscula」（小寫）。

2.4. Practica con tu compañero.

Estudiante A:
Tú trabajas en un hotel. Tu responsabilidad es atender a los clientes.

Estudiante B:
Tú te alojas en un hotel.
Tú vas a pedir un servicio.

小提醒 「alojarse en un hotel/hospedarse en un hotel」（住飯店）。

3. Esta camisa me queda pequeña
這件襯衫穿起來很小

3.1. Mira este clóset. ¿Qué prendas conoces? 🎧 MP3-074

Cosas en el clóset			
almohada	枕頭	zapatos	鞋子
manta	毯子	zapatillas	運動鞋
toalla	毛巾	botas	靴子
pantalones	褲子	bolso	肩背包
vaqueros		sombrero	
blusa		abrigo	
camisa		falda	
camiseta		vestido	

3.2. Escucha y lee. 🎧 MP3-075

A: ¿Qué tal con los preparativos para el viaje? 旅行準備得如何？

B: No muy bien. 不是很好。

A: ¿Qué te pasa? Te veo muy triste. 發生什麼事？妳看起來很傷心。

B: Pues, toda esta ropa ya no me queda. 嗯，這些衣服我都穿不下了。

A: No te preocupes. ¡Vamos de compras!
別擔心。我們一起去購物吧！

3.3. Lee y recuerda.

Verbo quedar 動詞「quedar」（穿起來）

La camisa	(a mí)	me	queda	larga
El vestido	(a ti)	te		largo
Los pantalones	(a él/a ella/a usted)	le	quedan	largos
Las faldas	(a él/a ella/a usted)	le		largas

表達某物適合某人的情形。

❖ 句型（1）：【名詞（單數）+（a＋人稱受格）＋間接受格代名詞＋**queda** ＋形容詞（單數）】

★ A: ¿Qué tal **te queda** la camisa roja? 紅色的襯衫你穿起來如何？

B: **Me queda** un poco grande. 我穿起來有點大。

❖ 句型（2）：【名詞（複數）＋（a＋人稱受格）＋間接受格代名詞＋ **quedan** ＋形容詞（複數）】

例句：「Estas faldas **me quedan** muy estrechas.」（這些裙子我穿起來太緊了。）

3.4. ¿Cómo le queda? / ¿Cómo le quedan? 🎧 MP3-076

pequeño 小的
grande 大的
estrecho 窄的
ancho 寬的
largo 長的
corto 短的
bien 好的
mal 不好的
genial 酷的
horrible 可怕的

A: ¿Cómo le queda el abrigo?

B: Opino que le queda muy estrecho.

A: ¿Cómo le quedan los zapatos?

B: Me parece que le quedan grandes.

3.5. Practica con tu compañero.

Preguntas	Yo	Amigo A
1. ¿Cada cuánto compras ropa nueva?		
2. ¿Dónde la compras?		
3. ¿Con quién vas?		
4. ¿Qué haces con la ropa vieja?/ ¿Qué haces con la ropa que no te queda?		

4. En el centro comercial
在購物中心

4.1. Escucha y lee. 🎧 MP3-077

¡A aprender! 西語句型，一用就會！

A: ¿Qué compras en la heladería?　　B: Yo compro un helado.

A: ¿Dónde está?　　B: La heladería está al lado de la juguetería.

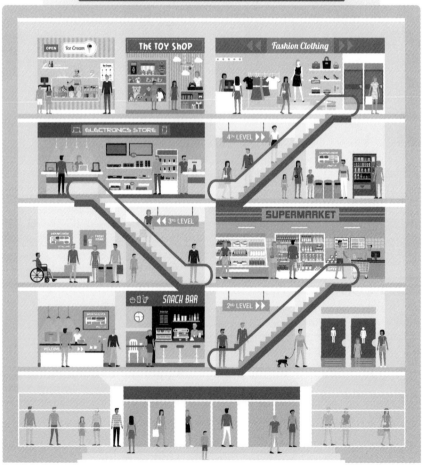

<table>
<tr><td>joyería
juguetería
librería
heladería
farmacia
restaurantes</td><td>grandes almacenes
tienda de departamentos
tienda de electrodomésticos
tienda de ropa
cajero automático
máquina expendedora</td><td>cine
supermercado
aparcamiento
aseos/servicios/baños
escaleras
ascensor</td></tr>
</table>

4.2. Lee el anuncio.

CAMBIO DE HORARIO

A partir del 24 de diciembre

hasta el 5 de enero

nuestro horario de atención al público es de

10:00 a 21:00

Haga sus compras y

aproveche nuestras promociones

5. En la tienda de ropa
在服裝店

5.1. Escucha y lee. 🎧 MP3-078

¡A aprender! 西語句型，一用就會！

Este traje <u>está rebajado</u>. 這件西裝<u>正在打折</u>。

tiene descuento 有折扣　　　está en promoción 在促銷

Yo prefiero las camisas de <u>algodón</u>. 我比較喜歡棉布的襯衫。

lana 羊毛　　　seda 絲綢　　　poliéster 聚酯纖維

Yo voy a probarme este abrigo <u>de rayas</u>. 我將要試穿這件<u>條紋</u>外套。

de cuadros 格子　　　liso 素色

5.2. Practica con tu compañero. MP3-079

¡A practicar! 西語口語，一說就通！

A: ¡Mira! <u>Estas camisas están rebajadas</u>. ¿<u>Te gustan</u>?

B: Sí, pero prefiero <u>aquellas</u> de rayas.

A: Oye, también tienen descuento. A ver… diez euros. ¡Qué barata!

B: ¿Por qué no te pruebas <u>esta camisa</u> de rayas y <u>esta</u> de cuadros?

A: Vale. Me <u>las</u> voy a probar. ¿De qué material <u>están hechas</u>?

B: A ver… setenta por ciento de algodón y treinta por ciento de poliéster.

Unos minutos después…

A: ¿Cómo me <u>queda</u>?

B: Me parece que te <u>queda grande</u>.

A: ¿Qué tal <u>esta</u> de cuadros?

B: Te va muy bien.

A: Pues me <u>la</u> llevo.

B: Mira aquella chaqueta <u>azul</u>. Pienso que hace juego con la camisa que llevas. ¿Quieres probártela?

A: Vale.

5.3. Escucha y lee. MP3-080

sandalias 涼鞋	calcetines 襪子
medias 長襪	tenis 運動鞋

jersey 毛衣
traje 西裝
cinturón 皮帶
calzoncillo 內褲（男用）
sujetador 胸罩
biquini 比基尼

chaqueta 夾克
corbata 領帶
bufanda 圍巾
braga 內褲（女用）
gorra 鴨舌帽

5.4. Escucha y lee. 🎧 MP3-081

¡A aprender! 西語句型，一用就會！

A: ¿En qué puedo ayudarle? 有什麼我能幫助您的嗎？

B: Deseo unos vaqueros. 我想要一件牛仔褲。

A: ¿Qué talla desea? 您想要什麼尺寸？

B: Treinta, por favor. 請給我三十號。

5.5. Lee el cartel que está en los probadores.

Recuerde

1. Solo se permiten tres prendas.
   只能試穿三件衣服。

2. La ropa interior no se puede probar.
   內衣不能試穿。

3. Una persona por probador.
   限一人。

4. Deje sus bolsas con el dependiente.
   把你的袋子交給店員。

5.6. Responde a las preguntas del cliente.

（1）¿Cuántas prendas puedo llevar al probador?

_____

（2）¿Puedo probarme estos calzoncillos?

_____

（3）¿Dónde debo dejar las bolsas?

_____

（4）¿Puede mi amigo entrar al probador?

_____

5.7. Practica con tu compañero. 🎧 MP3-082

A: ¿En qué puedo _____?

B: Deseo unos _____.

A: ¿Qué _____ desea?

B: Pues, no sé… Creo que la _____.

A: Por favor, _____. Tenemos todos estos colores.

B: _____ estos negros y aquellos azules.

    ¿Me los puedo _____?

A: Sí, claro. Los probadores están en aquel _____.

B: Disculpe, ¿de qué _____ están hechos?

A: Sesenta por ciento de _____ y cuarenta por ciento de

    _____.

Unos minutos después…

A: ¿Cómo le _____?

B: Me quedan un poco _____.

A: Voy a _____ unos más pequeños.

Unos minutos después…

A: ¿Qué tal le quedan los pantalones _____?

B: Me quedan _____. ¿Cuánto cuestan?

A: _____.

B: Vale. Me los llevo.

A: ¿Cómo va a _____?

B: Con _____.

¡Vamos a preparar el DELE!

一起來準備 DELE 吧！

1. Describe las fotografías. Tiempo: 2 ó 3 minutos.

Foto 1:

Foto 2:

（1）¿Qué estación es?

（2）¿Qué ropa lleva cada persona?

（3）¿De qué material están hechas las prendas?

（4）¿Por qué llevan ese tipo de ropa?

（5）¿Qué hace?

¡Vamos a escribir!

一起來寫西語吧！

1. ¿Qué está haciendo?

¡Vamos a conversar!
一起來説西語吧！

A: ¿En qué puedo ayudarle?

B: Deseo una falda de algodón.

A: ¿Larga o corta?

B: Larga.

A: Sígame, por favor. ¿Qué talla desea?

B: Pues, no sé… Creo que la veintiocho.

A: Tenemos todos estos estilos.

B: Mmm…me gustan esta falda de rayas y aquella de cuadros. ¿Dónde me las puedo probar?

A: Siga todo recto. Los probadores están detrás de la caja.

En los probadores

A: ¿Cuántas prendas desea probarse?

B: Cinco prendas.

A: Lo siento, solo se permiten tres.

B: Vale. Voy a probarme estas tres.

Unos minutos después…

B: ¿Cómo me queda esta falda de rayas.?

C: Me parece que te queda muy bien.

B: ¿Y esta de cuadros?

C: Pues… pienso que te queda un poco grande.

¡Vamos a viajar!
一起去旅行吧！

Colombia 哥倫比亞

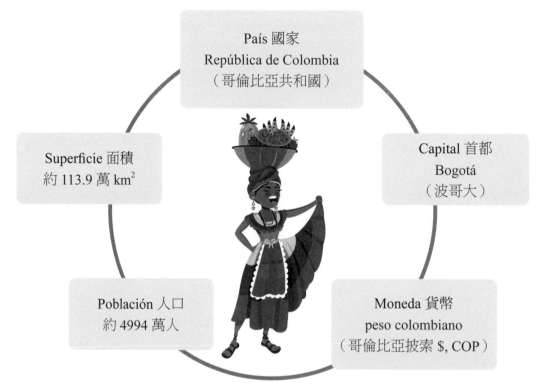

País 國家
República de Colombia
（哥倫比亞共和國）

Superficie 面積
約 113.9 萬 km^2

Capital 首都
Bogotá
（波哥大）

Población 人口
約 4994 萬人

Moneda 貨幣
peso colombiano
（哥倫比亞披索 $, COP）

Lugares turísticos 旅遊景點

➲ Santuario Nuestra Señora del Carmen, Bogotá

➍ Catedral Primada de Colombia, Bogotá

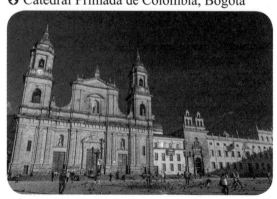

∩ Medellín, Colombia

↻ Museo del Oro, Bogotá

∩ Catedral de Sal, Zipaquirá

➲ La Piedra del Peñol, Guatapé

∩ Santuario de San Pedro Claver, Cartagena

➲ San Augustín, Huila

1. He llegado tarde a la oficina
我晚到辦公室

1.1. Escucha y lee. 🎧 MP3-084

¡A practicar! 西語口語，一說就通！

A: ¿Qué te pasa? ¿Por qué estás nervioso?

B: He llegado tarde a la oficina y mi jefe está bastante enfadado.

A: ¡Has llegado tarde!

B: Es que he estado muy ocupado estos días y casi no he dormido.

A: ¿A qué hora te has levantado?

B: Me he levando casi cuarenta minutos más tarde. Me he lavado la cara y los dientes. He salido de mi casa y he corrido a la parada de autobús pero…

A: ¡Has perdido el autobús!

B: Sí. Por dicha me he topado con mi vecino y él me ha traído en su coche.

A: ¡Qué buena suerte! ¿Y luego?

B: Pues, mi jefe ha venido a mi oficina, me ha entregado unos documentos y me ha dicho: "*¡Has llegado tarde!*".

小提醒 「perder」（遺失）、「por dicha」（幸運的是）、「toparse con」（巧遇、不期而遇）。

1.2. Lee y recuerda.

¡A entender la gramática! 西語文法，一學就懂！

Pretérito perfecto de indicativo　現在完成時

句型：【haber 的陳述式現在時＋動詞的過去分詞】

主詞	haber（陳述式現在時）	動詞的過去分詞
yo	he	
tú	has	estudiado
él/ella/usted	ha	
nosotros/nosotras	hemos	comido
vosotros/vosotras	habéis	
ellos/ellas/ustedes	han	vivido

用法（1）：表達剛做完不久，或不久前完成的動作。

　　例句：「**He** termin**ado** la clase en línea **hace** media hora.」（我半小時前完成了線上課程。）

用法（2）：表達在某段時間內已經發生過的動作或情況，並且在說話者發言的時間範圍裡，該動作或情況仍然持續著。

　　例句：「**He** escuch**ado** tu canción **hoy**. ¡Es maravillosa!」（我今天聽過你的歌。太美妙了！）

用法（3）：表達不久前才發生的動作或情況，而該動作或情況發生的具體時間範圍不太清楚明確。

　　例句：「No **he** chate**ado** con él **últimamente**.」（我最近沒和他聊天。）

❖ haber 的陳述式現在時，必須跟動詞的過去分詞接續寫在一起，而且中間不會放其他單字。

　　例句：「**Me he** levant**ado** muy temprano.」（我很早起床。）

❖ 可以使用「ya」（已經）或「todavía no」（還沒）來表達或詢問說話的當下，某動作是否已經完成。

例句：「Los alumnos **ya** han hecho los ejercicios de matemáticas.」

（學生們已經做過數學練習題了。）

「Nosotros **todavía no** le hemos dicho la buena noticia.」

（我們還沒告訴他這個好消息。）

「**Aún no** he entendido.」（我還是不了解。）

❖ haber 的陳述式現在時還可以搭配下列時間語詞進行表達：

★ hace <u>un momento</u>
      un rato
      un instante
      poco
★ hoy

★ hace <u>diez minutos</u>
      dos horas
      treinta segundos
★ a las <u>dos de la tarde</u>
      diez de la mañana

★ este <u>fin de semana</u>
      mes
      semestre
      año
      verano/invierno/otoño
★ estos <u>días</u>

★ esta <u>mañana</u>
      tarde
      noche
      semana
      primavera
★ estas <u>vacaciones</u>

1.3. Practica con tu compañero.

Preguntas	Yo	Amigo A
1. ¿A qué hora te has levantado?		
2. ¿Qué has desayunado?		
3. ¿A qué hora has salido de tu casa?		
4. ¿Qué medio de transporte has tomado?		

1.4. Mira la foto y responde a las preguntas de tu compañero.

MP3-085

¡A aprender! 西語句型，一用就會！

A: ¿Qué ha hecho Roberto a las siete y cinco? Roberto 在七點五分做了什麼？

B: Roberto se ha levantado a las siete y cinco. Roberto 七點五分起床。

7:05	7:15	7:30	7:45

8:10	8:40	9:00	9:55

10:10	11:20	11:30	12:35

13:30	18:00	20:45	23:15

小提醒 「vestirse」（穿）。

2. He estado muy ocupado
我一直很忙

2.1. Lee y recuerda. 🎧 MP3-086

¡A entender la gramática! 西語文法，一學就懂！

Pretérito perfecto de indicativo: verbos irregulares 現在完成時：不規則動詞

原形動詞		動詞的過去分詞
abrir	打開	abierto
decir	說	dicho
describir	描述	descrito
descubrir	發現	descubierto
devolver	歸還	devuelto
escribir	寫	escrito
hacer	做	hecho
morir	死亡	muerto
poner	放	puesto
romper	打破 / 弄壞	roto
ver	看	visto
volver	回來	vuelto

2.2. Haz oraciones.

A: ¿Qué ha hecho hoy?

B: Él ha tenido una reunión.

A: ¿A qué hora?

B: Ha tenido la reunión a las tres.

2.3. ¿Qué ha hecho cada persona en la biblioteca?

Persona	Verbos
Leticia	tomar/poner/leer/pensar
Gerardo	buscar/tomar/llevar/devolver/pedir prestado
Amanda	hablar/prestar/usar/decir/ver
Marcos	chatear/escribir/encender/apagar
Dora	leer/enseñar/describir/responder/preguntar
Pilar	buscar/leer/tomar/ver
Rubén	estar de pie/abrir/leer/cerrar/esperar

2.4. Lee el diario de Rosa. Completa los espacios.

Hoy (levantarse) _____ a las seis y cuarto, (lavarse) _____ la cara y (ir) _____ al parque a hacer deporte.

Ahí (toparse) _____ con dos ex compañeros de universidad. (hablar) _____ de nuestras vidas y (quedar)_____ con ellos para el fin de semana.

Luego (volver) _____ a casa, (ducharse) _____ y (preparar) _____ unos bocadillos. Después de desayunar, (salir) _____ de casa, (comprar) _____ el periódico en el quiosco y (tomar) _____ el autobús.

En la oficina, (tener) _____ un día muy ocupado. (escribir) _____ varios correos electrónicos, (buscar) _____ información sobre los productos de la competencia, le (describir) _____ las características de esos productos a mi jefe y le (decir) _____ que vamos a tener una reunión con los clientes mañana.

Después del trabajo, (pasar) _____ por el correo, (recoger) _____ el paquete que me (enviar) _____ mi amigo y lo (abrir)_____. (ser) _____ una gran sorpresa, me (regalar) _____ un recuerdo de España. Por cierto, lo (poner) _____ en el salón de mi casa. Mi familia (ver)_____ el recuerdo y les (gustar) _____.

Después de cenar, (conversar) _____ y (ver) _____ una película de ciencia ficción. Todavía no (ducharse) _____ ni (lavarse) _____ los dientes.

※ Usa el pretérito perfecto de indicativo.

小提醒 「pasar」（經過）、「regalar」（送）。

2.5. ¿Qué ha pasado? Mira la foto y di qué han hecho y qué no han hecho.

sacar	romper	tirar
jugar	tocar	cantar
bailar	reírse	limpiar
brincar	correr	gritar

小提醒　「brincar」（跳）、「reír」（笑）、「tirar」（扔/投）、「gritar」（尖叫）。

3. Perdona por llegar tarde
抱歉我遲到了

3.1. Lee y recuerda.

¡A entender la gramática! 西語文法，一學就懂！

Pretérito perfecto de indicativo　現在完成時

用法：現在完成時用來表達過去已發生的行動或作為，所導致現在的情況或結果。也就是，表示造成某個目前情況或結果的過去原因。

★ A: ¿Por qué llegas tarde? 妳為什麼遲到？

　B: He perdido el autobús. 我錯過了公車。

3.2. Escucha y lee. MP3-087

¡A aprender! 西語句型，一用就會！

A: Perdona por llegar tarde.

B: ¡Otra vez!

A: De verdad, lo siento. Es que <u>he tomado el bus equivocado</u>.

B: Siempre dices lo mismo.

A: Perdóname, por favor.

B: Vale, pero esta es la última vez.

小提醒　「otra vez」（再次）、「equivocado」（錯的）、「dices lo mismo」（說同樣的話）、「última」（最後的）。

perder el autobús	錯過公車
tener problemas en encontrar el lugar	找不到地方
dormirse	睡過頭

3.3. Escucha y lee. MP3-088

¡A aprender! 西語句型，一用就會！

A: Disculpa por llegar tarde.

B: No te preocupes.

A: Lo siento, de verdad. Es que <u>he salido tarde del trabajo</u>.

B: No pasa nada./No tiene importancia.

llevar a mi hermano al hospital	帶我的弟弟到醫院
no sentirse bien	我感到不舒服
salir tarde del trabajo	晚下班
tener una reunión	有一場會議
quedarse sin gasolina	沒有汽油（交通工具）

4. Una experiencia inolvidable
一次難忘的經驗

4.1. Escucha la conversación. MP3-089

¡A practicar! 西語口語，一說就通！

A: ¿Qué tal tu cita con Antonio?

B: Genial. Primero hemos ido al nuevo centro comercial.

A: ¿El que está entre el Museo de Arte y el Parque Central?

B: Es correcto. Y adivina…
   Antonio me ha comprado este bolso.

A: ¡Qué bonito! Y después ¿qué habéis hecho?

B: Hemos visitado el Museo de Arte.

A: ¿Has tomado alguna foto?

B: Sí. Mira.

A: ¡Qué pareja tan bonita!

B: Luego, hemos paseado por el parque, hemos hablado sobre nuestras familias y hemos decidido ir a la playa este fin de semana.

A: ¿A la playa? ¡Qué romántico!

B: Finalmente, hemos cenado en el restaurante peruano que está en la esquina. Y tú, ¿qué has hecho hoy?

A: Pues nada. Por la mañana, he leído el periódico y he visto la televisión. Por la tarde, he salido con mis compañeros de universidad. ¡Ah! Papá me ha llamado y me ha dicho que te ha enviado varios mensajes. Por favor, respóndele lo más pronto posible.

B: ¡Vale! Voy a llamarlo inmediatamente.

4.2. Lee y recuerda.

Pretérito perfecto de indicativo 現在完成時

用法（1）：表達曾經有過或者沒有過的經驗或活動，而且不需明確說出發生的具體時間。

　　疑問句可加上「alguna vez」，來詢問別人過去的經驗或情況。

例句：

★　A:　¿Has estado alguna vez en España? 你曾經去過西班牙嗎？

　　B:　Nunca he estado en España. 我從未去過西班牙。

★　A:　¿Has comido carne de serpiente? 你吃過蛇肉嗎？

　　B:　No. En realidad, no me interesa. 沒有。實際上，我沒有興趣。

　　B:　Sí, es deliciosa. 有，很好吃。

4.3. Habla de tus experiencias. 🎧 MP3-090

1. ¿Has comido carne de cuy?

2. ¡Claro! Es deliciosa.

3. ¡Qué horror!

4. ¡Soy vegetariano!

conejo 兔子	pollo 雞	rana 青蛙	cordero 小羊
llama 駱馬	pescado 魚	camello 駱駝	cocodrilo 鱷魚

4.4. Practica con tu compañero. MP3-091

A: ¿Has ido de camping?

B: Sí, varias veces.

A: ¿Qué tal?

B: Ha sido una de las experiencias más inolvidables que he tenido.

> tenido una cita a ciegas
> viajado por Europa
> cantado una canción en español
> perdido el autobús
> olvidado las llaves
> montado en elefante
> visto una persona famosa
> participado en un programa de tv

小提醒 「cita a ciegas」（相親）、「olvidar」（忘記）、「inolvidable」（難忘的）。

5. He visitado el sitio arqueológico Chichén Itzá
我參觀了 Chichén Itzá 考古遺址

5.1. Habla de tus experiencias. MP3-092

¡A aprender! 西語句型，一用就會！

A: ¿Qué aficiones tienes?

B: Me encanta el piragüismo. Yo lo practico una vez al mes. ¿Has hecho el piragüismo alguna vez?

A: No, nunca. Yo practico el senderismo. Me encanta pasear por el campo. ¿Has hecho senderismo alguna vez?

B: Sí, lo he hecho con mi familia.

(el) esquí 滑雪	(el) tenis 網球	(el) patinaje 滑水
(la) pesca 釣魚	(el) surf 衝浪	(el) ala delta 滑翔翼

5.2. Escucha y lee. 🎧 MP3-093

¡A practicar! 西語口語，一說就通！

A: ¿Sabes, por qué hemos venido a este sitio arqueológico?
妳知道為什麼我們要來這個考古遺址嗎？

B: Porque te gustan las pirámides. 因為你喜歡金字塔。

A: Sí, pero también porque es una de las Nuevas Siete Maravillas del Mundo.
是，但也是因為這是世界七大奇景之一。

B: ¿De verdad? 真的嗎？

A: Sí, a partir del 7 de julio de 2007. 是，從 2007 年的七月 7 號開始。

B: Oye, ¿cuáles son las principales atracciones? 嘿，主要的景點是什麼？

A: Pues hay muchas. Por ejemplo, "El Castillo" o *Pirámide de Kukulcan*", "*El juego de pelota*", "*Tzompantli*", "*La Iglesia*" y "*El Caracol*" entre otros.
嗯，有很多。像是：「城堡」或「Kukulcan 金字塔」、「球賽」、「骷髏頭架」、「教堂」和「天文台」等等。

B: ¡Qué interesante! Dime, ¿qué significa *Chichén Itza*?
真有趣！告訴我，Chichén Itza 是什麼意思呢？

A: De acuerdo a la página web, Chichén significa "boca del pozo" e Itzá son las personas que lo fundaron.
根據該網站，Chichén 代表「井口」，而 Itzá 代表建立它的人。

小提醒 想更了解 Chichén Itza 的資訊，請參閱 https://www.chichenitza.com。

¡Vamos a preparar el DELE!
一起來準備 DELE 吧！

1.Describe la fotografía. Tiempo: 2 ó 3 minutos.

👍 **Guía**

（1）¿Qué estación es? ¿Qué tiempo hace?

（2）¿A dónde han ido?

（3）¿Qué han hecho en las vacaciones?

¡Vamos a escribir!
一起來寫西語吧！

1. Doña Ana ha tenido un día inolvidable. Describe lo que ha hecho.

a. ver al médico	b. hablar con amigos	c. conducir
d. bailar	e. tomar	f. pintar
g. jugar	h. hacer gimnasia	i. leer/escribir

MP3-094

A: ¿Qué te ha pasado?

B: Perdona por llegar tarde, pero es que he tenido unos problemas en encontrar el lugar.

A: Siempre dices lo mismo.

B: Lo siento, de verdad.

A: Vale. No te preocupes. ¿Deseas pedir algo?

B: Sí, voy a pedir una taza de café. Y de comer…¿qué me recomiendas?

A: La especialidad de la casa es cuy asado. ¿Has comido alguna vez carne de cuy?

B: No, nunca.

A: Pues, vamos a pedir un cuy asado y una pizza. ¿Has traído la información sobre las excursiones?

B: Sí, aquí está.

A: Oye, te tengo buenas noticias. Me he topado con una ex compañera de universidad que trabaja en una agencia de viajes. Ella me ha ofrecido el mismo paquete a ochenta euros.

B: Pues... vamos a comprarlo.

¡Vamos a viajar!
一起去旅行吧！

Bolivia 玻利維亞

País 國家
Estado Plurinacional de Bolivia
（玻利維亞多民族國）

Superficie 面積
約 110 萬 km²

Capital 首都
Sucre
（蘇克雷）

Población 人口
約 1133 萬人

Moneda 貨幣
Bolivian Boliviano
（玻利維亞諾 Bs, BOB）

Lugares turísticos 旅遊景點

⋒ Mi Teleférico, La Paz

➲ Mercado de Hechicería, La Paz

⮑ Antiguo camino a los Yungas
(Camino de la Muerte), departamento de La
Paz

⮐ Lago Titicaca

⥁ Salar de Uyuni, Uyuni

⮐ Potosí

⥁ Templo Nuestra Señora de la Merced, Sucre

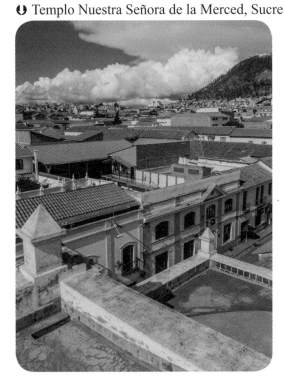

⥁ Reserva Nacional de Fauna Andina
Eduardo Avaroa, provincia de Sud Lípez

10 *Hice muchas cosas esta semana*
我這個星期做了很多事

1. ¿Qué hiciste ayer?
你昨天做了什麼？

1.1. Lee y recuerda. 🎧 MP3-095

¡A entender la gramática! 西語文法，一學就懂！

Pretérito indefinido: verbos regulares 陳述式簡單過去時：規則動詞

主詞	動詞字尾是 **ar**	動詞字尾是 **er**	動詞字尾是 **ir**
yo	-é	-í	-í
tú	-aste	-iste	-iste
él/ella/usted	-ó	-ió	-ió
nosotros/nosotras	-amos	-imos	-imos
vosotros/vosotras	-asteis	-isteis	-isteis
ellos/ellas/ustedes	-aron	-ieron	-ieron

用法（1）：表達過去發生的動作、情況。

例句：「Yo **estudié** español en la biblioteca anoche.」（我昨晚在圖書館學習西班牙語。）

用法（2）：表達過去發生的事件，並且該事件與當前時刻沒有任何關係。亦即，該動作已經結束。

例句：「Yo **salí** con mis amigos la semana pasada.」（我上個星期跟我的朋友們出去。）

用法（3）：在某些西班牙語國家和西班牙部分地區，例如：Asturias（阿斯圖里亞斯）、Islas Canarias（加納利群島）和 Galicia（加利西亞），人們比較喜歡使用陳述式簡單過去時。

★ Pretérito indefinido 簡單過去時（西班牙語國家 / 西班牙部分地區）

例句：「Yo **escribí** el reporte esta mañana.」（我今天早上寫了報告。）

★ Pretérito perfecto 現在完成時（西班牙）

例句：「Yo **he escrito** el reporte esta mañana.」（我今天早上寫了報告。）

❖ 過去時常與下列表達過去特定時刻的西語一起使用：

anoche 昨晚	en enero 在一月
ayer 昨天	hace dos meses 二個月前
ayer por la mañana 昨天早上	el semestre pasado 上個學期
anteayer 前天	el año pasado 去年
el lunes pasado 上週一	en octubre del año pasado 去年十月
el martes por la tarde 週二下午	el verano pasado 上個夏天
el otro día 過去的某一天	hace tres años 三年前
la semana pasada 上個星期	en 1999 1999 年
el mes pasado 上個月	el 25 de diciembre de 1998 1998 年 12 月 25 日

例句：「Yo **vi** el programa *Descubre España* **ayer**.」

（我昨天看了「Descubre España」這個節目。）

1.2.Mira.

acostarse 就寢	aplanchar 熨、燙
cocinar 做飯	comer 吃
comprar 買	desayunar 吃早餐
escribir 寫	estudiar 學習
hacer 做	lavarse 洗
levantarse 起床	limpiar 清潔
montar 騎	salir 出門
trabajar 工作	

Pretérito indefinido: verbos regulares　陳述式簡單過去時：規則動詞

主詞	levantarse	trabajar	estudiar	comer	acostarse
yo	**me** levanté	trabajé	estudié	comí	**me** acosté
tú	**te** levantaste	trabajaste	estudiaste	comiste	**te** acostaste
él/ella/usted	**se** levantó	trabajó	estudió	comió	**se** acostó

主詞	lavarse	desayunar	salir	escribir	comprar
yo	**me** lavé	desayuné	salí	escribí	compré
tú	**te** lavaste	desayunaste	saliste	escribiste	compraste
él/ella/usted	**se** lavó	desayunó	salió	escribió	compró

主詞	cocinar	planchar	limpiar	montar	hacer （不規則動詞）
yo	cociné	planché	limpié	monté	**hice**
tú	cocinaste	planchaste	limpiaste	montaste	**hiciste**
él/ella/usted	cocinó	planchó	limpió	montó	**hizo**

1.3. Practica con tu compañero.

Preguntas	Yo	Amigo A
1. ¿A qué hora te levantaste?		
2. ¿Con quién saliste?		
3. ¿Qué tipo de película viste?		
4. ¿Dónde comiste?		
5. ¿Qué compraste en la tienda?		
6. ¿Cuántas horas trabajaste/estudiaste?		
7. ¿Cuándo volviste a tu casa?		
8. ¿Qué hiciste en tu casa?		
9. ¿A qué hora te acostaste?		

1.4. ¿Qué hizo Rosa ayer?

2. ¿Qué te paso ayer?
你昨天怎麼了？

2.1. Escucha y lee. 🎧 MP3-096

A: Juan, ¿qué te pasó ayer? Te esperé una hora en la entrada del museo y no llegaste. Te escribí varios mensajes y no me respondiste.

B: Perdóname, es que la maestra de mi hijo me llamó y me dijo que Felipe tuvo un accidente.

A: ¿Es algo grave?

B: Un poco. Se cayó y se golpeó. Lo llevé al hospital y el médico me dijo que va a estar bien. También me dio unos medicamentos.

A: Espero que se recupere pronto.

B: Gracias. Oye, no recibí tu mensaje. ¿A qué número lo enviaste?

A: A ver, lo envié al teléfono 0921634785.

B: Ese es el número anterior. Te di el nuevo número la última vez que te vi en la fiesta de cumpleaños de Felipe. ¿Te acuerdas?

A: ¡Ya! Oye, ¿quedamos la próxima semana? Te invito a comer comida tailandesa. Me encantaría ver a tu hijo.

小提醒　「caer」（跌倒了）、「golpear」（碰撞了）、「¿Te acuerdas? (acordarse)」（你記得嗎？）、
「Espero que se recupere pronto.」（我希望他早日康復。）

2.2.Mira.

acordarse 記得	dar 給予、送給
decir 說	enviar 送、郵寄
esperar 等	leer 讀
llamar 打電話	llegar 抵達、到達
llevar 帶	olvidar 忘記
pasar 經過、路過	recibir 收到
responder 回答	tener 有
ver 看	

2.3. Lee y recuerda.

¡A entender la gramática! 西語文法，一學就懂！

Pretérito indefinido: verbos regulares 陳述式簡單過去時：規則動詞

主詞	**pasar**	**esperar**	**responder**	**llamar**	**llevar**
yo	pasé	esperé	respondí	llamé	llevé
tú	pasaste	esperaste	respondiste	llamaste	llevaste
él/ella/usted	pasó	esperó	respondió	llamó	llevó

主詞	**recibir**	**enviar**	**ver**	**olvidar**	**acordarse**
yo	recibí	envié	vi	olvidé	**me** acordé
tú	recibiste	enviaste	viste	olvidaste	**te** acordaste
él/ella/usted	recibió	envió	vio	olvidó	**se** acordó

Pretérito indefinido: verbos irregulares 陳述式簡單過去時：不規則動詞

主詞	**llegar**	**decir**	**tener**	**dar**	**leer**
yo	llegué	dije	tuve	di	leí
tú	llegaste	dijiste	tuviste	diste	leíste
él/ella/usted	llegó	dijo	tuvo	dio	leyó

例句：

✓ Yo **pasé** por Plaza Mayor ayer. 我昨天經過主廣場。

✓ Yo te **esperé** en la entrada del museo hasta las diez. 我在博物館門口等你到十點。

✓ Él me **llamó** por teléfono la semana pasada. 他上星期打電話給我。

✓ Yo **llevé** el coche al taller de reparación ayer. 我昨天把車送到修理廠了。

✓ Lo siento. Lo **olvidé**. 對不起。我忘記了。

2.4. Practica con tu compañero. ¿Qué pasó ayer? MP3-097

cruzar la calle 過馬路
llamar a la ambulancia 叫救護車
llamar a la policía 叫警察
llamar a la agencia de seguros
打電話給保險公司
encender la luz de emergencia
打開緊急照明燈
responder a las preguntas 回答問題
firmar la declaración 簽署聲明
tomar fotos 拍照

3. ¿Qué hiciste esta semana?
你這個星期做了什麼？

3.1. Lee y recuerda.

¡A entender la gramática! 西語文法，一學就懂！

Pretérito indefinido: verbos irregulares 陳述式簡單過去時：不規則動詞

　　以 -car、-gar 和 -zar 結尾的動詞，在 **yo**（我）的陳述式簡單過去時動詞變化時，因為動詞變化後的發音，必須把的動詞字尾從 -car 改為 -qué、從 -gar 改為 -gué、從 -zar 改為 -cé。

-car 結尾的動詞

verbo		yo	verbo		yo
buscar	尋找	**busqué**	explicar	解釋	**expliqué**
practicar	練習	**practiqué**	sacar	拿出來	**saqué**
tocar	彈	**toqué**	aparcar	停車	**aparqué**

-gar 結尾的動詞

verbo		yo	verbo		yo
pagar	付款	**pagué**	jugar	玩	**jugué**
llegar	抵達	**llegué**	navegar	瀏覽	**navegué**
apagar	關	**apagué**	entregar	交付	**entregué**

-zar 結尾的動詞

verbo		yo	verbo		yo
empezar	開始	**empecé**	realizar	做	**realicé**
analizar	分析	**analicé**	almorzar	吃午飯	**almorcé**

Pretérito indefinido: verbos regulares 陳述式簡單過去時：規則動詞

主詞	**atender**	**terminar**	**escuchar**	**tomar**	**ir** （不規則動詞）
yo	atendí	terminé	escuché	tomé	**fui**
tú	atendiste	terminaste	escuchaste	tomaste	**fuiste**
él/ella/usted	atendió	terminó	escuchó	tomó	**fue**

3.2. Completa la oración con el pretérito indefinido correcto.

（1）Yo (navegar) _____ por internet ayer.

（2）Yo (aparcar) _____ el coche en aquel aparcamiento anteayer.

（3）Yo (jugar) _____ al baloncesto con mis compañeros anoche.

（4）Yo (tocar) _____ la guitarra la semana pasada.

（5）Yo (llegar) _____ diez minutos tarde.

（6）Yo (practicar) _____ español con mi amigo ecuatoriano ayer.

3.3. Practica con tu compañero.

buscar información
analizar las propuestas
escribir unas cartas
sacar unas fotocopias
navegar por internet
entregar el informe
explicar las características
atender a los clientes
terminar los reportes
escuchar las opiniones
ir a la bodega
tomar notas

2. Yo busqué información por internet.

1. ¿Qué hiciste hoy?

3.4. Escucha y lee. 🎧 MP3-098

¡A practicar! 西語口語，一說就通！

A: ¿Qué te pasa? Te veo muy cansada.

B: Es que tuve una semana muy ocupada.

A: ¿Qué hiciste?

B: Muchísimas cosas. Atendí a los clientes, navegué por internet y busqué información sobre proveedores. Luego leí sus propuestas y las analicé.

A: ¿Qué te parecieron?

B: Interesantes. Así que tuve una reunión con mi equipo de trabajo y les expliqué las ventajas y desventajas de cada propuesta.

A: ¿Escribiste algún informe?

B: Sí. Después de escribirlo, se lo entregué a mi jefe.

A: Bueno, ya terminaste tu trabajo ahora vamos a relajarnos.

B: Buena idea. Y tú, ¿qué hiciste?

A: Tuve el día libre. Así que por la mañana, monté en bicicleta y escuché música. Por la tarde, salí a correr y fui a la peluquería.

小提醒 「¿Qué te pareció?/¿Qué te parecieron?」（你覺得呢？）、「relajarse」（放鬆）。

4. En la peluquería
在理髮店

4.1. Mira.

alisar 燙平
cortar 剪
teñir 染色
rizar 燙捲
lavar 洗
secar 吹乾

4.2. Lee y recuerda.

¡A entender la gramática! 西語文法，一學就懂！

Pretérito indefinido: verbos regulares 陳述式簡單過去時：規則動詞

主詞	cortar	alisar	teñir（不規則動詞）	rizar（不規則動詞）	secar（不規則動詞）
yo	corté	alisé	teñí	ricé	sequé
tú	cortaste	alisaste	teñiste	rizaste	secaste
él/ella/usted	cortó	alisó	tiñó	rizó	secó

例句：

✓ Él me **cortó** el pelo la semana pasada. 他上週剪了我的頭髮。

✓ Mi hermana me **tiñó** el cabello de color castaño oscuro. 我的姊姊把我的頭髮染成深棕色。

4.3. ¿Qué hicieron estas personas?

cortar	teñir	ofrecer	alisar	rizar
tomar	lavar	secar	leer	hablar
escuchar	conversar	preguntar	recomendar	mirar

4.4. Escucha y lee. 🎧 MP3-099

¡A practicar! 西語口語，一說就通！

A: Deseo cortarme el pelo. ¿Puede atenderme ahora? 我想要剪頭髮。您現在可以服務我嗎？

B: ¡Claro! Tome asiento, por favor. ¿Desea algún corte en especial?
當然！請坐。您想要什麼特別的髮型嗎？

A: Sí, quiero un estilo como el de la chica de esta foto. ¿Cree que me va bien?
是的，我想要跟這張照片中的女孩一樣的髮型。您覺得適合我嗎？

B: Me parece que sí. ¿Desea teñirse el pelo? 我覺得可以，您想要染頭髮嗎？

A: Sí. ¿Qué color me recomienda? 好。您推薦什麼顏色呢？

B: Le recomiendo este castaño oscuro. 我推薦深棕色。

4.5. Practica con tu compañero.

Preguntas	Yo	Amigo A
1. ¿Cuándo te cortaste el pelo?		
2. ¿Incluyó el lavado y el secado?		
3. ¿Cada cuánto te lo cortas?		
4. ¿Te has teñido alguna vez el pelo?¿De qué color?		

5. ¡Felicidades!

恭喜！

5.1. Practica con tu compañero.

Ayer fue el cumpleaños Carlitos. Su mamá le preparó una fiesta pero ella olvidó comprar el pastel de cumpleaños. Describe la situación.

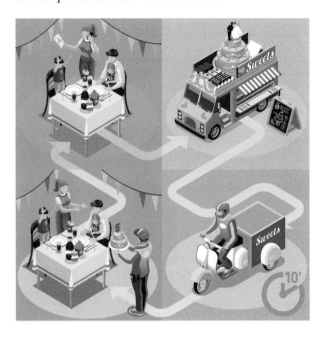

llamar	entregar
preguntar	cantar
elegir	pedir
montar	apagar
buscar	pagar
llegar	comer

5.2. Lee el diario de la mamá de Carlitos. 🎧 MP3-100

Ayer fue el cumpleaños de Carlitos. Quise organizar una fiesta con todos sus compañeros de escuela, sin embargo no pude hacerlo ya que no tuve tiempo. Así que decidí hacer una fiesta familiar.

Preparé sus platos favoritos pero olvidé lo más importante... el pastel de cumpleaños. Mi marido empezó a buscar por internet y encontró la pastelería Dominó. Él llamó por teléfono y pidió un pastel de chocolate mediano.

A los cuarenta minutos, un hombre vestido de payaso tocó la puerta, puso el pastel encima de la mesa, encendió las velas, bailó y cantó la canción feliz cumpleaños. Luego le dijo a Carlitos "cierra los ojos y pide un deseo."

Carlitos cerró los ojos, pensó unos segundos sobre su deseo y apagó las velas. El payaso hizo algunos actos de magia, sacó un regalo de su sombrero y se lo entregó.

5.3. Mira.

cerrar 關
decidir 確定
encender 開
encontrar 找到
pedir 要求
pensar 想
poder 能、可以
poner 放
preparar 準備
querer 想要

5.4. Lee y recuerda.

¡A entender la gramática! 西語文法，一學就懂！

Pretérito indefinido: verbos regulares 陳述式簡單過去時：規則動詞

主詞	decidir	preparar	encontrar	encender	cerrar	pensar
yo	decidí	preparé	encontré	encendí	cerré	pensé
tú	decidiste	preparaste	encontraste	encendiste	cerraste	pensaste
él/ella/usted	decidió	preparó	encontró	encendió	cerró	pensó

Pretérito indefinido: verbos irregulares 陳述式簡單過去時：不規則動詞

主詞	querer	poder	poner	pedir
yo	quise	pude	puse	pedí
tú	quisiste	pudiste	pusiste	pediste
él/ella/usted	quiso	pudo	puso	pidió

例句：

√ **Encontré** esta promoción. ¿Quieres llamar para pedir más detalles?
　我找到了這個促銷。您想打電話詢問更多細節嗎？

√ Yo **pensé** que hablar personalmente con él era la mejor opción.
　我認為親自跟他說是最好的選擇。

✓ Mi hermano no **quiso** hablar de ese tema anoche.

我的哥哥昨晚不想談論這個話題。

✓ No **pude** terminar el reporte ayer. ¿Te lo puedo dar más tarde?

我昨天不能完成報告。我可以稍後給你嗎？

✓ Yo le **pedí** un aumento de salario a mi jefe.

我向我的老闆要求加薪。

5.5. Practica con tu compañero.

Preguntas	Yo	Amigo A
1. ¿Qué comida preparaste para la actividad?		
2. ¿Quién encendió el aire acondicionado?		
3. ¿Qué quisiste hacer ayer?		
4. ¿Dónde pusiste el postre?		
5. ¿Cuándo pediste la pizza?		

5.6 ¿Qué hiciste ayer?

6. Me gustó muchísimo
我非常喜歡

6.1. Lee y recuerda.

¡A entender la gramática! 西語文法，一學就懂！

Pretérito indefinido: verbos regulares 陳述式簡單過去時：規則動詞

gustar/encantar/doler/parecer			
(a mí)	me	**gustó/encantó**	el libro
(a ti)	te	**dolió**	la cabeza
(a él/a ella/a usted)	le	**pareció**	interesante

例句：

★ A: ¿Qué fue lo que más te gustó de esta tienda/este barrio?
　　妳最喜歡這家商店 / 這一區的是什麼？

　 B: Lo que más me gustó fue la camisa azul. 我最喜歡的是藍色襯衫。

　 B: Lo que más me gustó fue la Plaza de Armas. 我最喜歡的是武器廣場。

★ A: ¿Te gustó la película? 妳喜歡電影嗎？

　 B: Me encantó. 我非常熱愛。

★ A: ¿Dónde te dolió? 妳哪裡痛？

　 B: Me dolió la espalda. 我背痛。

6.2. Completa.

a. (gustar) _____ ese ordenador.

b. (doler) _____ la cabeza.

c. (parecer) _____ una muy buena idea.

d. Lo que más (gustar)_____ de la ciudad fue el castillo.

e. (encantar) _____ la comida. Muchas gracias por la invitación.

¡Vamos a preparar el DELE!

一起來準備 DELE 吧！

1. Habla de las actividades que hiciste en la universidad ayer.

   Tiempo: 3 ó 4 minutos.

analizar	aprender	aparcar	ayudar
bailar	buscar	cantar	comer
conocer	dar	dormirse	escuchar
estudiar	escribir	entregar	explicar

hablar	hacer	ir	jugar
leer	montar	navegar	pedir
poner	practicar	preparar	responder
salir con	tomar	tener	ver

¡Vamos a escribir!
一起來寫西語吧！

1. ¿Qué hizo Pablo la semana pasada?

secar el piso 擦乾地板

pasar la aspiradora 地板吸塵

aplanchar 熨燙衣服

barrer 打掃

limpiar 打掃 / 清潔

lavar 洗

fregar el suelo 拖地

recoger el polvo 清理灰塵

¡Vamos a conversar!
一起來說西語吧！

A: ¿Qué tal el día? 🎧 MP3-101

B: Pues estuve bastante ocupada en la oficina. Tuve unas reuniones con mi equipo de trabajo, analicé las propuestas de mis colegas, leí los comentarios que los clientes escribieron en nuestra página web y se los envié a mi supervisor.

A: Veo que pasaste por el salón de belleza. Ese corte te va muy bien.

B: ¿De verdad? ¡Gracias! Como salí puntual de la oficina, decidí pasar por el salón de belleza. El estilista me enseñó las fotos de unas modelos, las vi, escogí unos cortes de pelo y le pedí su opinión. Él me recomendó este estilo, me pareció muy elegante y le dije "manos a la obra".

A: Así que te lo cortó, te lo alisó, te lo tiñó, te lo lavó y te lo secó. Oye…¿cuánto te costo?

B: Cincuenta euros.

A: ¡Qué barato!

B: Pues me hizo un descuento. Luego pasé por el restaurante peruano que está al lado y mira lo que compré para ti… ¡Ceviche!

A: ¿Ceviche? ¿Qué es eso?

B: Es un plato típico de varios países de Hispanoamérica. Ellos aliñan el pescado crudo con zumo de limón, cebolla y otros ingredientes. Y tú, ¿qué tal el día?

A: Pues... lavé y planché la ropa, barrí y fregué el suelo del salón, pasé la aspiradora por las habitaciones y te preparé el postre que más te gusta...flan de coco.

B: Gracias. ¡Vamos a comer!

小提醒 「aliñar」（調味）。

¡Vamos a viajar!
一起去旅行吧！

Argentina 阿根廷

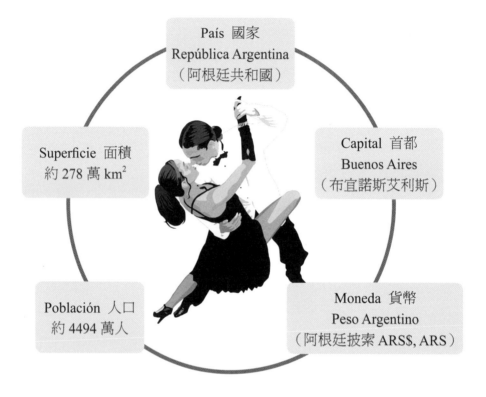

País 國家
República Argentina
（阿根廷共和國）

Capital 首都
Buenos Aires
（布宜諾斯艾利斯）

Superficie 面積
約 278 萬 km^2

Moneda 貨幣
Peso Argentino
（阿根廷披索 ARS$, ARS）

Población 人口
約 4494 萬人

Lugares turísticos 旅遊景點

🎧 Casa Rosada, Buenos Aires

🎧 La Boca, Buenos Aires

U Parque Nacional Iguazú, Puerto Iguazú

∩ Mendoza

➲ El tren a las Nubes, Salta

U Ushuaia, Tierra del Fuego

➲ Salinas Grandes, Jujuy y Salta

U Parque Nacional Los Glaciares, El Calafate

Mis vacaciones de verano
我的暑假

1. ¿Qué hiciste el fin de semana?
你週末做了什麼？

1.1. Mira.

cantar 唱歌	correr 跑
descansar 休息	dormir 睡覺
estar 是	hablar 說
organizar 組織	regalar 送
saber 知道	ser 是

1.2. Lee y recuerda.

¡A entender la gramática! 西語文法，一學就懂！

Pretérito indefinido: verbos regulares 陳述式簡單過去時：規則動詞

主詞	cantar	correr	descansar	hablar	regalar
yo	canté	corrí	descansé	hablé	regalé
tú	cantaste	corriste	descansaste	hablaste	regalaste
él/ella/usted	cantó	corrió	descansó	habló	regaló

Pretérito indefinido: verbos irregulares 陳述式簡單過去時：不規則動詞

主詞	dormir	estar	organizar	saber	ser
yo	dormí	estuve	organicé	supe	fui
tú	dormiste	estuviste	organizaste	supiste	fuiste
él/ella/usted	durmió	estuvo	organizó	supo	fue

1.3. Practica con tu compañero. 🎧 MP3-102

¡A aprender! 西語句型，一用就會！

A: ¿Qué hiciste el fin de semana?

A: ¿Qué tal estuvo?

B: Yo monté en bicicleta.

B: Grandioso. Me lo pasé muy bien.

小提醒 「volar una cometa」（放風箏）、「balancín」（翹翹板）、「columpio」（鞦韆）。

hablar	jugar	hacer	correr	salir	escuchar
leer	comer	tomar	mirar	montar	cantar
ver	volar	conversar	descansar	explicar	escribir

1.4. Escucha y lee. 🎧 MP3-103

¡A aprender! 西語句型，一用就會！

★ A: ¿Qué hiciste este fin de semana? 妳這個週末做了什麼？

　B: Yo fui a una conferencia. 我去了一個會議。

★ A: ¿Qué tal la fiesta? 派對怎麼樣？

　B: Estupenda. Me lo pasé muy bien. 太棒了。我玩得很開心。

　genial 非常好的 / 出色的　　　　　buenísima 很好的

　fantástica 棒極了　　　　　　　　interesante 有趣的

1.5. Escucha y lee. 🎧 MP3-104

A: ¿Qué hiciste el fin de semana?

B: Yo fui a una conferencia sobre Argentina. Hubo una presentación de tango, dieron una bebida llamada mate y el embajador nos explicó que la palabra Argentina viene del latín *argentum*, que significa plata.

A: ¡Qué interesante! ¿Cómo supiste de la actividad?

B: Me suscribí a la página de la Oficina Cultural y siempre me envían información de las actividades. Y tú, ¿qué hiciste?

A: Yo fui a la boda de una ex compañera de universidad. Ella se casó con un chico mexicano. Ellos organizaron varias actividades mexicanas. Estuvo genial.

小提醒 「hubo」（有）、「sucribirse」（訂閱）。

2. En el correo
在郵局

2.1. Lee la carta. 🎧 MP3-105

Ricardo le ha escrito una carta a su amigo Miguel. Él le cuenta algunos detalles sobre la boda de su ex compañera Marta.

Querido Miguel:

Como ves en la foto que te adjunto, ayer fue la boda de Marta, nuestra ex compañera de colegio. ¿Te acuerdas de ella?

La boda fue en la playa. Ellos contrataron a unos Mariachis y cantaron varias canciones románticas.

Los novios organizaron muchísimas actividades. Las que más me gustaron fueron el vals de los novios, el baile del billete, el brindis y la liga. Marta me dijo que ellos irán a París para su Luna de Miel.

Y tú, ¿cómo has estado? Espero verte pronto. Un abrazo,

Ricardo

2.2. Escucha y lee. 🎧 MP3-106

¡A aprender! 西語句型，一用就會！

Deseo enviar esta <u>carta</u>. 我想要寄這封信。

caja 盒子	bolsa 手提袋	postal 明信片
maleta 行李箱	(este) sobre 信封	(este) paquete 包裹

2.3. Escucha y lee. 🎧 MP3-107

¡A practicar! 西語口語，一說就通

A: ¿En qué puedo ayudarle?

B: Quiero enviar <u>esta carta</u> a Valencia.

A: ¿Desea carta ordinaria, certificada, urgente o certificada urgente?

B: <u>Certificada</u>.

A: Muy bien. Llene este impreso, por favor.

B: Disculpe, ¿qué debo escribir aquí?

A: En este espacio, escriba el nombre del remitente y su número de teléfono. En este otro, escriba el nombre del destinatario y su dirección.

B: Listo. ¿Cuánto va a tardar en llegar?

A: <u>Una semana aproximadamente</u>.

小提醒 「carta ordinaria」（普通信）、「carta certificada」（掛號信）、「carta urgente」（緊急信件）、「remitente」（寄件人）、「destinatario」（收件人）。

2.4. ¿Qué hiciste en el correo?

llegar	comprar	ir
hacer	pagar	abrir
esperar	olvidar	tomar
pasar	escribir	cerrar
decir	poner	

3. ¡Vamos de viaje!
我們去旅行吧！

3.1. Lee el anuncio. 🎧 MP3-108

EXCURSIÓN A ROATÁN

Conozca la cultura, la historia y la comida de Roatán.

* Barco de turismo

* Equipo de buceo

* Paseo por la jungla

* Playa privada

* Transporte (hotel y terminal de crucero)

* Almuerzo

Precio: 125 Euros/todo incluido

小提醒　「jungla」（叢林）

（1）¿Dónde puedes encontrar este tipo de anuncio?

_____

（2）¿Qué vende la compañía?

_____

（3）¿Qué incluye?

_____

（4）¿Qué opinas del lugar?

_____

（5）¿Qué puedes hacer?

_____

3.2. Escucha y lee.  MP3-109

A: Mira esta excursión a la isla de Roatán. ¿Qué te parece?

B: Genial. ¿Cómo supiste de esta promoción?

A: La encontré en la página web. Cuando vi las fotos, me enamoré del lugar. Me pareció una isla hermosa. Así que ayer fui a la agencia de viajes, le pedí información a la asesora de viajes y la señorita me dio este folleto. Te llamé varias veces para informarte pero…

B: Lo siento, pero es que tuve una cita con el médico por la tarde.

A: Creí que estabas en la casa de tus amigas. ¿Te encuentras bien? ¿Qué te dijo el médico?

B: No te preocupes. El médico me dio unas pastillas para el dolor. Ya estoy bien. Oye, ¿vamos a comprar la excursión ahora?

A: No es necesario. Cuando la vi, pensé en ti y la compré inmediatamente. Es el lugar perfecto para pasar nuestra segunda luna de miel.

3.3. Habla con tu compañero.

Preguntas	Yo	Amigo A
1. ¿Prefieres viajar por tu país o salir al extranjero? ¿Por qué?		
2. ¿Te gusta viajar solo, con tu familia o con tus amigos?		
3. ¿A dónde viajaste en las vacaciones pasadas?		
4. ¿Cómo lo pasaste?		
5. ¿Qué hiciste? Menciona algunas actividades.		

4. Lo pasé genial
我過得很開心

4.1. Mira.

andar 走
beber 喝
divertirse 玩得開心
pasear 走、散步
sentarse 坐下

bañarse 淋浴
conducir 駕駛
nadar 游泳
preferir 更喜歡
traer 帶來

4.2. Lee y recuerda.

¡A entender la gramática! 西語文法，一學就懂！

Pretérito indefinido: verbos regulares 陳述式簡單過去時：規則動詞

主詞	bañarse	beber	nadar	pasear	sentarse
yo	**me** bañé	bebí	nadé	paseé	**me** senté
tú	**te** bañaste	bebiste	nadaste	paseaste	**te** sentaste
él/ella/usted	**se** bañó	bebió	nadó	paseó	**se** sentó

Pretérito indefinido: verbos irregulares 陳述式簡單過去時：不規則動詞

主詞	andar	conducir	divertirse	preferir	traer
yo	anduve	conduje	**me** divertí	preferí	traje
tú	anduviste	condujiste	**te** divertiste	preferiste	trajiste
él/ella/usted	anduvo	condujo	**se** divirtió	prefirió	trajo

4.3. Cambia las siguientes oraciones a pretérito indefinido.

a. Mi tía trae una tarta de fresa. _____

b. Luis se sienta al lado de María. _____

c. Mi hermano conduce el coche. _____

d. Yo me baño a las 4pm. _____

4.4. Escucha y lee. 🎧 MP3-110

A: ¿Qué tal el fin de semana?

B: Espectacular. Fui a la playa.

A: ¿Con quién fuiste?

B: Fui con toda mi familia. Mi padre condujo el coche. Salimos el sábado a las cinco de la mañana y llegamos tres horas más tarde.

A: ¿Cuántos días estuviste en la playa?

B: Una semana.

A: ¿Qué hiciste?

B: Pues, muchísimas cosas. Anduve por la playa, me bañé en el mar, tomé el sol, jugué al voleibol con unos chicos, hice un castillo de arena y...

A: ¡Un castillo de arena! ¿Tomaste alguna foto?

B: Sí, mira.

A: ¿Quién es ella?

B: Se llama Gabriela. La conocí en el restaurante del hotel.

A: Me imagino que hicieron el castillo juntos.

B: Sí, fue muy romántico. Fuimos a recoger unas piedras, las trajimos, las pusimos al lado del castillo e hicimos un corazón.

A: ¿Y luego?

B: Nos sentamos en la arena y vimos el atardecer.

4.5. Practica con tu compañero.

A: ¿Qué hizo Edgar en la playa?

B: Él jugó al voleibol.

5. Fue un viaje fantástico
這是一趟美妙的旅行

5.1. Escucha y lee. 🎧 MP3-111

¡A aprender! 西語句型，一用就會！

Este Parque Nacional cuenta con <u>muchos lugares turísticos</u>. 這個國家公園有很多旅遊景點。

una catarata muy famosa 一個非常著名的瀑布

unas playas hermosas 一些美麗的海灘

el segundo arrecife más grande del mundo 世界第二大的礁石

Yo me alojé en <u>un hotel de tres estrellas</u>. 我住在一間三星級飯店。

un hostal 一間旅舍

un castillo 一座城堡

una casa de huéspedes 一間家庭旅館

un complejo hotelero/resort 一座渡假村

5.2. Mira.

> alojarse 住（飯店）
> probar 嘗試
> volver 回來
> tardar 遲到

5.3. Lee y recuerda.

¡A entender la gramática! 西語文法，一學就懂！

Pretérito indefinido: verbos regulares 陳述式簡單過去時：規則動詞

主詞	**aloj**arse	tard**ar**	prob**ar**	volver
yo	**me** alojé	tardé	probé	volví
tú	**te** alojaste	tardaste	probaste	volviste
él/ella/usted	**se** alojó	tardó	probó	volvió

5.4. Practica con tu compañero.

Preguntas	Yo	Amigo A
1. ¿Cuándo fue la última vez que fuiste a la playa?		
2. ¿Qué medios de transporte tomaste?		
3. ¿Dónde te alojaste?		
4. ¿Qué hiciste?		

5.5. Lee las preguntas y busca las respuestas en la página web de Cristina. 🎧 MP3-112

a. ¿Dónde está Roatán? _____

b. ¿Por qué es famoso? _____

c. ¿Dónde se alojó? _____

d. ¿Qué hizo el primer día? _____

e. ¿Qué hizo el segundo día? _____

f. ¿Qué hizo en Punta Gorda? _____

☀ LA PÁGINA DE CRISTINA 🏰

En estas vacaciones tuve la oportunidad de viajar a Roatán.

Roatán está en el Mar Caribe y es la isla más grande de las Islas de la Bahía en Honduras. La isla cuenta con el segundo arrecife más grande del mundo.

Me alojé en un hotel de cuatro estrellas que está muy bien comunicado. El viaje tardó tres horas. Creo que llegué a las cuatro de la tarde aproximadamente. No quise ir muy lejos, así que me quedé cerca del hotel. Fui a la playa, me bañé en el mar, tomé el sol e hice un castillo de arena. Por la noche, probé la comida tradicional del lugar. Me encantó.

Al día siguiente, tomé una excursión y fuimos a bucear. El guía turista me dio un tubo para submarinismo y me dijo: "Chica, no te preocupes. Bucear es muy fácil." Y adivinen… ¡es verdad! Con un bañador, unas gafas de buceo y un tubo ya tienes una gran aventura. Fue una experiencia increíble.

También compré una excursión a *Punta Gorda*. Por la mañana monté a caballo y por la tarde visité el pueblo. Aprendí mucho sobre las costumbres del lugar y bailé *Punta*. Volví a casa el domingo por la noche.

Por cierto, saqué un montón de fotos. ¿Quieres verlas? Pulsa aquí. →

小提醒 「bucear」（潛水）、「tubo para submarinismo」（呼吸管）。

6. Así es la vida
這就是人生

6.1. Escucha y lee. 🎧 MP3-113

¡A entender la gramática! 西語文法，一學就懂！

nacer 出生

crecer 成長
vivir 生存

estudiar 學習

graduarse 畢業

empezar a trabajar
開始工作

casarse 結婚

tener un bebé
生孩子

planear
計劃

jubilarse 退休

enfermarse 生病

morir 死亡

cambiar 改變	entrar 進入	ganar 贏	mudarse 移動
participar 參與	vender 賣	viajar 旅行	

Pretérito indefinido: verbos regulares 陳述式簡單過去時：規則動詞

主詞	nacer	crecer	vivir	participar	entrar	viajar
yo	nací	crecí	viví	participé	entré	viajé
tú	naciste	creciste	viviste	participaste	entraste	viajaste
él/ella/usted	nació	creció	vivió	participó	entró	viajó

主詞	graduarse	casarse	jubilarse	enfermarse	mudarse
yo	**me** gradué	**me** casé	**me** jubilé	**me** enfermé	**me** enamoré
tú	**te** graduaste	**te** casaste	**te** jubilaste	**te** enfermaste	**te** enamoraste
él/ella/usted	**se** graduó	**se** casó	**se** jubiló	**se** enfermó	**se** enamoró

主詞	divorciarse	planear	cambiar	ganar	vender
yo	**me** divorcié	planeé	cambié	gané	vendí
tú	**te** divorciaste	planeaste	cambiaste	ganaste	vendiste
él/ella/usted	**se** divorció	planeó	cambió	ganó	vendió

用法（1）：在自傳及故事中常使用簡單過去時來講述某人的人生。

例句：「Yo nací el 2 de enero de 1998.」（我出生於 1998 年一月 2 日。）

用法（2）：列舉出過去已經發生過的活動。

例句：「Yo leí los comentarios, escribí un reporte y hablé con el jefe del departamento.」
（我閱讀了評論，寫了一份報告並且跟部門負責人交談。）

6.2. Practica con tu compañero.

Preguntas	Yo	Amigo A
a. ¿Dónde naciste? ¿En qué año?		
b. ¿Qué hiciste entre los 12 y 18 años?		
d. ¿En qué tipo de actividades participaste durante tu vida universitaria?		

6.3. Escucha y lee. 🎧 MP3-114

Yo nací el 25 de diciembre de 1990.

Yo crecí con mis abuelos paternos.

Yo viví en la ciudad de Kaoshiung.

Yo estudié en la escuela TaiPing en 1997.

Yo empecé el colegio en 2003.

Yo participé en el coro del colegio en 2004.

Yo me mudé a Taipéi en 2008.

Yo entré a la universidad ese mismo año.

Yo conocí a mi novia en 2010.

Yo viajé por varias ciudades de España en 2011.

Yo saqué mi permiso de conducir en 2012.

Yo me gradué de la universidad en 2013.

Yo trabajé en Chile en 2014.

Yo cambié de trabajo en 2015.

Yo planeé crear mi empresa en 2016.

Yo gané la lotería el 23 de julio de 2017.

Yo compré mi primer coche ese mismo año.

Yo me casé con Sonia en 2018.

Yo tuve mi primer bebé en 2019.

Yo compré un apartamento en Taipéi en 2020.

Yo me divorcié en 2021.

Yo vendí mi piso en 2022.

小提醒 「permiso de conducir/licencia de conducir」（駕駛執照）、「coro」（合唱團）、「lotería」（彩券）。

7. Mi autobiografía
我的自傳

7.1. Escucha y lee. 🎧 MP3-115

¡A aprender! 西語句型，一用就會！

Enrique José Martín Morales, conocido como Ricky Martin, nació el 24 de diciembre de 1971 en San Juan, Puerto Rico.

Empezó como modelo infantil e hizo varios anuncios de televisión.

Luego, participó en el coro y el grupo de teatro de su colegio.

En 1984, entró en el grupo musical Menudo. Viajó por varios países e hizo muchas presentaciones en diferentes partes del mundo.

Dos años después, grabó la novela *Por siempre amigos* con los miembros del grupo Menudo.

A los diecinueve años comenzó su carrera como solista. Sacó su primer álbum llamado *Ricky Martin* en 1991. Ganó un disco de oro en Argentina, Colombia, Chile, México y Estados Unidos.

En 1997 viajó a Tailandia y aprendió un poco sobre la filosofía budista.

Un año después, interpretó *La copa de la vida*, tema principal de la Copa Mundial de Fútbol en Francia. Esta canción estuvo en el primer lugar en las listas de éxitos de varios países.

En noviembre de 2006 lanzó un concierto acústico. Con este disco, obtuvo el premio *Persona del Año* en los Grammy Latinos por su ayuda humanitaria con UNICEF.

Unos años después cantó la canción *Vida*, una de las canciones ganadoras para el álbum oficial de la Copa Mundial de Fútbol Brasil 2014.

7.2. Practica con tu compañero.

Ernesto "Che" Guevara
Argentina (14/06/1928)
Residencia: Córdoba (1930-1947),
Buenos Aires (1947-1952)
Estudios: Medicina, Universidad de
Buenos Aires (1948)
Viajes: Viaje en moto por Santiago,
Tucumán, Salta, Jujuy, Rioja (1950)
Viaje por Chile, Perú, Venezuela (1952)
Conoce: Fidel Castro (1955)
Muerte: 1967

Gabriel García Márquez
Colombia (06/03/1927)
Estudios: Derecho, Universidad Nacional de
Colombia (1947)
Libros: Cien años de soledad (1967)
Premios: Nobel de Literatura (1982)
Boda: con Mercedes Barcha (1958)
Hijos: Rodrigo (1959), Gonzalo (1962)
Muerte: 17/04/2014

Madre Teresa de Calcuta
Uskup (26/08/1910)
1918: Escuela estatal
1920: Coro de la escuela
1928: Estudios de inglés en Bengala
1929: Monja. Cambio de nombre.
1950: Creación Misioneras de Caridad
      Ayuda a enfermos, pobres y huérfanos
1979: Premio Nobel de la Paz
1997: Muerte

¡Vamos a preparar el DELE!
一起來準備 DELE 吧！

1. Mi autobiografía. Tiempo: 2 ó 3 minutos.

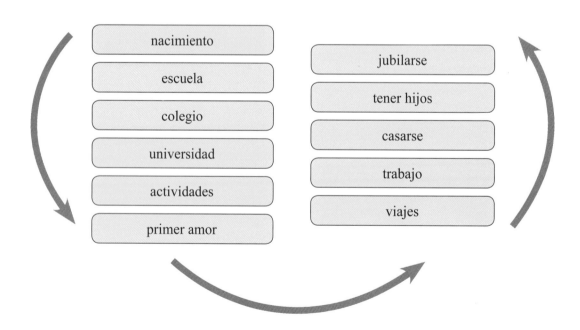

nacimiento

escuela

colegio

universidad

actividades

primer amor

jubilarse

tener hijos

casarse

trabajo

viajes

¡Vamos a escribir!
一起來寫西語吧！

1. Haz oraciones.

alojarse	andar	bailar	bañarse
beber un cóctel	cantar	comer	escuchar
hablar	hacer	ir a la playa	jugar
leer	montar	nadar	pasear
probar	sentarse	tomar el sol	ver

¡Vamos a conversar!
一起來說西語吧！

MP3-116

A: ¡Hola! Bienvenidos al programa *Entre famosos*. Hoy tenemos la oportunidad de conocer a una de las cantantes latinas más famosas del mundo *A-MI-K*. ¡Bienvenida!

B: Muchas gracias por la invitación. Un saludo a todos. Es un honor estar aquí.

A: Tus admiradores quieren saber muchas cosas sobre ti. La primera pregunta es… ¿dónde naciste?

B: Nací en México. Viví en Zacatecas hasta los 17 años. Ahí estudié la primaria y secundaria. Luego me mudé a Ciudad de México y me gradué de la Academia de Artes hace dos años.

A: Escuché que varios miembros de tu familia son artistas.

B: Sí, yo crecí en un ambiente musical. Mi papá es compositor. Él ha escrito varias canciones para cantantes famosos. Además, tengo un tío que es cantante y dos primos que tienen una banda de rock. Pero yo nunca pensé en ser artista.

A: ¿Cuándo empezó tu interés?

B: Pues… fue mi abuelo quien me enseñó a tocar la guitarra y luego me motivó a participar en la obra musical del colegio. Recuerdo que durante varios días practiqué hasta diez horas diarias.

A: ¿Y obtuviste el puesto?

B: Sí. Fue en ese momento que yo supe mi profesión...ser cantante. Me enamoré de la música.

Además, conocí a muchos artistas, aprendí muchas técnicas de canto y viajé por varias ciudades del país.

A: ¡Qué interesante! Háblanos un poco sobre tus álbumes. ¿Cuándo grabaste tu primer álbum?

B: Yo grabé mi primer álbum hace cinco años.

A: Desde entonces todas tus canciones han tenido mucho éxito. ¡Ah! También te vi en varios programas de televisión el año pasado.

B: Sí. Participé en la novela *Por siempre*. Ahí conocí a Ricky Martin. Luego trabajé en el programa *Jóvenes Artistas*.

A: ¿Jóvenes Artistas?

B: Sí, es un concurso de canto. A través de este programa tuve la oportunidad de conocer chicos de diferentes partes del país. Escuché sus canciones, vi sus bailes y les motivé a trabajar por sus sueños.

A: ¿Cuáles son tus planes para el futuro?

B: Uyyy... tengo muchos planes. Voy a Chile para grabar un video. Luego vuelvo a España porque tengo varios conciertos. Finalmente, pienso sacar un nuevo álbum a finales de este año.

A: Te deseamos mucha suerte. Por último, ¿deseas decirle algo a tus admiradores?

B: Sí. Muchas gracias por vuestro apoyo. Los quiero mucho.

A: Gracias *A-MI-K* por venir y te deseo mucha suerte.

¡Vamos a viajar!
一起去旅行吧！

Chile 智利

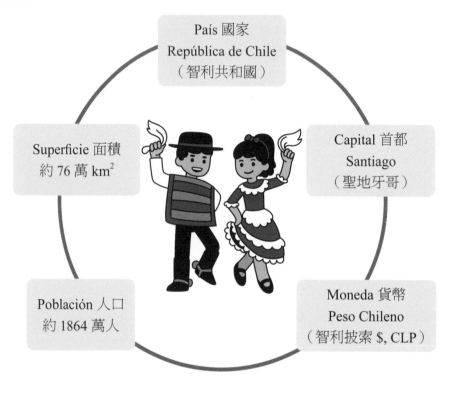

País 國家
República de Chile
（智利共和國）

Capital 首都
Santiago
（聖地牙哥）

Superficie 面積
約 76 萬 km^2

Moneda 貨幣
Peso Chileno
（智利披索 $, CLP）

Población 人口
約 1864 萬人

Lugares turísticos 旅遊景點

♩ Catedral Metropolitana de Santiago de Chile, Santiago de Chile

♩ Cerro San Cristóbal, Recolecta, Santiago

◯ Valparaíso

◐ Desierto de Atacama, Antofagasta

◯ Isla Grande de Chiloé, Provincia de Chiloé

➲ Arica

◯ Isla de Pascua (Rapa Nui)

➲ Parque Nacional Torres del Paine

1. En la oficina
在辦公室

1.1. Escucha y lee. 🎧 MP3-117

¡A practicar! 西語口語，一說就通！

A: ¿Ya saliste de trabajar? 妳已經下班了嗎？

B: Todavía no. Estoy escribiendo un reporte. 還沒。我正在寫一份報告。

A: Y el jefe, ¿se ha ido? 那老闆，他走了嗎？

B: No, aún está en su oficina. Creo que está estudiando la propuesta del cliente. Y tú, ¿qué estás haciendo?
沒有，他還在他的辦公室。我認為他正在研究客戶的建議。你呢，你正在做什麼？

A: Pues, también estoy en la oficina. Estoy respondiendo unos correos electrónicos y escuchando música instrumental. Yo termino de trabajar a las seis. ¿Nos vemos a las ocho?
嗯，我也在辦公室。我正在回覆一些電子郵件和聽樂器演奏音樂。我六點下班。我們八點見面嗎？

B: Vale. ¿Qué quieres hacer? 好。你想做什麼？

A: Vamos al cine. Están dando una película muy buena en el cine *Óscar*.
我們一起去看電影。Óscar 電影院正在放映一部非常好的電影。

小提醒 「aún」（還）、「todavía」（還）、「dando una película」（放映一部電影）。

1.2. Lee y recuerda.

¡A entender la gramática! 西語文法，一學就懂！

Gerundio: verbos regulares 陳述式現在進行時：規則動詞

三組規則變化的西語動詞，搭配不同人稱代名詞的現在分詞變化如下表：

主詞	動詞字尾是 **ar**	動詞字尾是 **er**	動詞字尾是 **ir**
yo	**-ando**	**-iendo**	**-iendo**
tú	**-ando**	**-iendo**	**-iendo**
él/ella/usted	**-ando**	**-iendo**	**-iendo**
nosotros/nosotras	**-ando**	**-iendo**	**-iendo**
vosotros/vosotras	**-ando**	**-iendo**	**-iendo**
ellos/ellas/ustedes	**-ando**	**-iendo**	**-iendo**

用法（1）：表達該動詞所指的動作，正在進行中。

★ A: ¿Qué estás **haciendo**? 妳正在做什麼？

B: Estoy **viendo** una película de ciencia ficción. 我正在看一部科幻電影。

❖ 句型：【estar 的陳述式現在時變化＋現在分詞（Gerundio）】

❖ 遇到反身動詞時，反身代名詞可放在動詞 estar 之前，或放在現在分詞後並寫在一起，
同時注意是否需加上重音符號。

例句：「Guillermo **se está duchando**.」（Guillermo 正在洗澡。）

「Guillermo **está duchándose**.」（Guillermo 正在洗澡。）

1.3. Escucha y lee. 🎧 MP3-118

¡A aprender! 西語句型，一用就會！

A: ¿Qué está haciendo Miguel? Miguel 正在做什麼？

B: Miguél está chateando con su amigo. Miguel 正在和他的朋友聊天。

> Marta está leyendo una novela. Marta 正在讀一本小說。
>
> Joaquín está leyendo el periódico. Joaquín 正在看報紙。
>
> Miguel está usando el móvil. Miguel 正在使用手機。
>
> Alberto está pensando en su mamá. Alberto 正在想他的媽媽。
>
> Ana está durmiendo. Ana 正在睡覺。
>
> Juan está escuchando música. Juan 正在聽音樂。
>
> Laura está mirando el paisaje. Laura 正在看風景。
>
> Emilia está viendo una película. Emilia 正在看電影。

1.4. Practica con tu compañero.

A: ¿Qué está haciendo Lucía?

B: Lucía está <u>duchándose</u>./Ella está haciendo yoga.

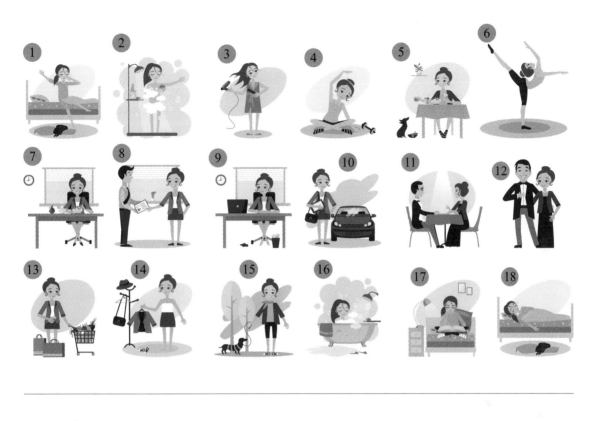

1.5. Lee y recuerda. 🎧 MP3-119

¡A entender la gramática! 西語文法，一學就懂！

Gerundio: verbos irregulares 陳述式現在進行時：不規則動詞

原形動詞		現在分詞	原形動詞		現在分詞
decir	說	**diciendo**	dormir	睡覺	**durmiendo**
divertir	使開心	**divirtiendo**	morirse	死亡	**muriendo**
elegir	選擇	**eligiendo**	poder	能	**pudiendo**
mentir	說謊	**mintiendo**	ir	去	**yendo**
pedir	要求	**pidiendo**	leer	閱讀	**leyendo**
reír	笑	**riendo**	oír	聽	**oyendo**
repetir	重複	**repitiendo**	traer	帶來	**trayendo**
sentir	感覺	**sintiendo**			
vestirse	穿	**vistiendo**			

例句：

✓ Tú no estás **diciendo** la verdad. 你沒有說實話。

✓ Gracias por invitarme a la fiesta. Estoy **divirtiéndome** muchísimo.
謝謝你邀請我參加聚會。我玩得很開心。

✓ Él te está **mintiendo**. 他正在騙你。

✓ Mi jefe me está **pidiendo** el reporte pero aún no lo he terminado.
我的老闆正在向我要報告，但我還沒完成。

✓ Antonio se está **riendo** de los chistes de Juan. Antonio 被 Juan 的笑話逗笑了。

✓ Yo estoy **visitiéndome**. Espérame diez minutos. 我正在穿衣服。等我十分鐘。

✓ Él está **durmiendo**. ¿Puedes llamarle más tarde? 他正在睡覺。你可以晚一點打給他嗎？

✓ Yo estoy **leyendo** el periódico en la cafetería. 我正在咖啡廳看報紙。

2. En la escuela
在學校

2.1. Escucha y lee. 🎧 MP3-120

¡A practicar! 西語口語，一說就通！

A: ¿Donde estás?

B: Estoy en la universidad. ¿Pasa algo?

A: Mamá está preparando la cena y me está preguntando por ti.

B: Dile que llego a casa alrededor de las seis y media.

A: ¿Qué estás haciendo ahora?

B: Estoy escribiendo la tarea y preparando una presentación.

A: Ayer fuimos a ver unos discos duros, ¿recuerdas?

B: Sí, claro. Fuimos a una tienda que está cerca de la universidad.

A: Exacto. ¿Qué modelo te gustó más?

B: El gris.

A: ¿El gris? ¿Por qué?

B: Porque tiene mayor capacidad de almacenamiento y es más veloz. ¿Vas a comprarlo ahora?

A: No. Ahora estoy ocupado. Estoy lavando el coche. Pienso comprarlo mañana.

B: ¿Quieres que te acompañe?

A: Sí, por favor. Es que tú sabes más de tecnología.

小提醒 「capacidad de almacenamiento」（儲存容量）、「veloz」（快速的）、「acompañar」（陪伴）。

2.2. ¿Qué están haciendo los estudiantes?

estudiar	conversar	jugar	hacer	dormir
usar	pelear	reír	beber	tirar
ver	escuchar	leer	bailar	hablar

3. El fin de semana
週末

3.1. Lee. 🎧 MP3-121

Los chicos de la clase de español están chateando. Lee su conversación.

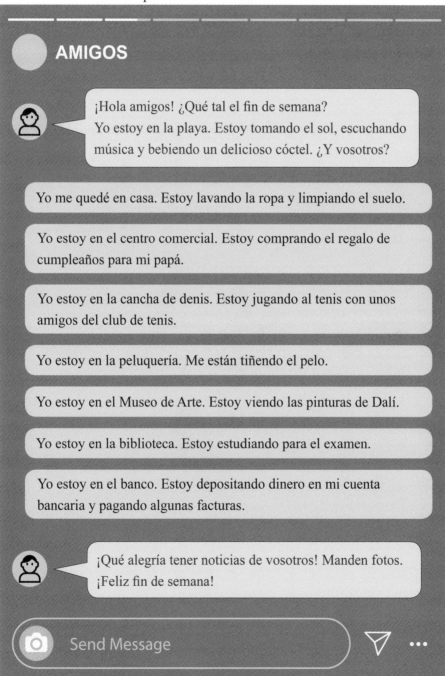

AMIGOS

¡Hola amigos! ¿Qué tal el fin de semana?
Yo estoy en la playa. Estoy tomando el sol, escuchando música y bebiendo un delicioso cóctel. ¿Y vosotros?

Yo me quedé en casa. Estoy lavando la ropa y limpiando el suelo.

Yo estoy en el centro comercial. Estoy comprando el regalo de cumpleaños para mi papá.

Yo estoy en la cancha de denis. Estoy jugando al tenis con unos amigos del club de tenis.

Yo estoy en la peluquería. Me están tiñendo el pelo.

Yo estoy en el Museo de Arte. Estoy viendo las pinturas de Dalí.

Yo estoy en la biblioteca. Estoy estudiando para el examen.

Yo estoy en el banco. Estoy depositando dinero en mi cuenta bancaria y pagando algunas facturas.

¡Qué alegría tener noticias de vosotros! Manden fotos.
¡Feliz fin de semana!

Send Message

3.2. ¿Qué está haciendo? 🎧 MP3-122

A: ¿Qué está haciendo <u>Manuel</u>?

B: <u>Manuel</u> está <u>paseando con su familia</u>.

Manuel

Mónica

Ricardo

Leticia

Luis

Vicente

Carmen   Daniel

Rosa   Patricia   Clara

desayunar	ir	caminar	esperar	tomar
hablar	conversar	explicar	pensar	estudiar
hacer	comer	almorzar	recordar	negociar
escribir	chatear	buscar	volver	cenar

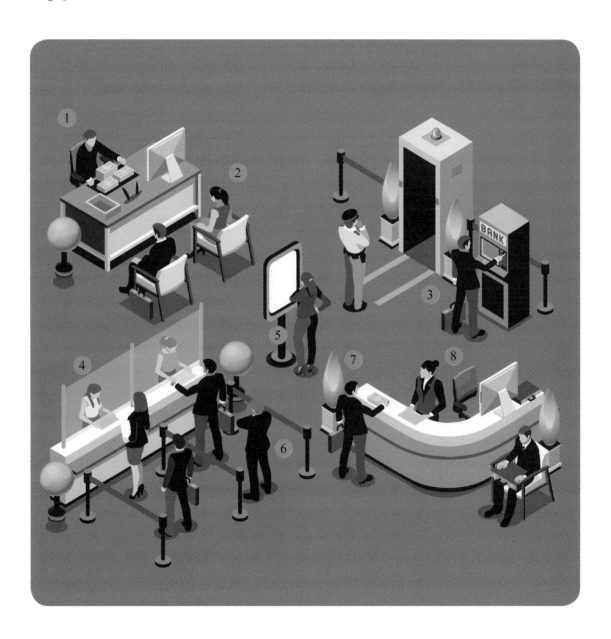

¡Vamos a preparar el DELE!
一起來準備 DELE 吧！

1. ¿Qué están haciendo?

¡Vamos a escribir!
一起來寫西語吧！

1. Describe las actividades que están haciendo cada una de las personas de esta compañía.

buscar	leer	completar	conversar
discutir	enseñar	entregar	escuchar
estudiar	escribir	explicar	hablar
pensar	responder	usar	ver

¡Vamos a conversar!
一起來說西語吧！

A: ¿Qué estás haciendo? MP3-123

B: Estoy limpiado mi habitación y lavando la ropa. ¿Y tú?

A: Estoy haciendo los deberes y estudiando para el examen de la próxima semana. Oye, ¿te gustaría ir al teatro conmigo?

B: Claro. ¿Qué obra están dando?

A: La obra se llama *Ninja*.

B: ¡Ah! Es una obra japonesa. Todo el mundo está hablando de ella. ¿A qué hora empieza la obra?

A: Dame un momento, estoy viendo el anuncio por internet. A ver... la obra empieza a las ocho. ¿Qué te parece si nos vemos a las siete y cuarto?

B: ¿Vamos en tu coche?

A: No. Mi hermano menor lo está usando. ¿Te importa si vamos en moto?

B: Vale.

A: Yo voy a comprar los billetes por internet. El teatro está ofreciendo un diez por ciento de descuento si uso la tarjeta de crédito.

¡Vamos a viajar!
一起去旅行吧！

Paraguay 巴拉圭

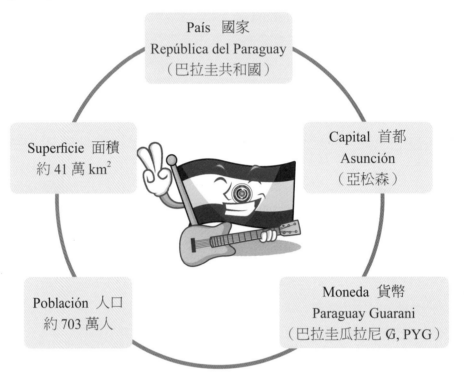

País 國家
República del Paraguay
（巴拉圭共和國）

Capital 首都
Asunción
（亞松森）

Superficie 面積
約 41 萬 km²

Moneda 貨幣
Paraguay Guarani
（巴拉圭瓜拉尼 ₲, PYG）

Población 人口
約 703 萬人

Lugares turísticos 旅遊景點

⊍ Asunción

⊙ Panteón Nacional de los Héroes, Asunción

◑ Misiones Jesuíticas de La Santísima Trinidad de Paraná y Jesús de Tavarangue

⋒ Cerro Paraguarí

⋒ Saltos del Monday

⊂ Ñandutí

⋒ Catedral de la Encarnación

Verbos
動詞

（一）Presente de indicativo: verbos regulares 陳述式現在時：規則動詞

主詞	escuchar	leer	escribir
yo	escucho	leo	escribo
tú	escuchas	lees	escribes
él/ella/usted	escucha	lee	escribe
nosotros/nosotras	escuchamos	leemos	escribimos
vosotros/vosotras	escucháis	leéis	escribís
ellos/ellas/ustedes	escuchan	leen	escriben

（二）Presente de indicativo: verbos reflexivos 陳述式現在時：反身動詞

主詞	levantarse	sorprenderse	aburrirse
yo	**me** levanto	**me** sorprendo	**me** aburro
tú	**te** levantas	**te** sorprendes	**te** aburres
él/ella/usted	**se** levanta	**se** sorprende	**se** aburre
nosotros/nosotras	**nos** levantamos	**nos** sorprendemos	**nos** aburrimos
vosotros/vosotras	**os** levantáis	**os** sorprendéis	**os** aburrís
ellos/ellas/ustedes	**se** levantan	**se** sorprenden	**se** aburren

（三）Presente de indicativo: verbos irregulares 陳述式現在時：不規則動詞

主詞	querer 「e」變化成「ie」	volver 「o」變化成 「ue」	jugar 「u」變化成 「ue」	pedir 「e」變化成「i」
yo	quiero	vuelvo	juego	pido
tú	quieres	vuelves	juegas	pides
él/ella/usted	quiere	vuelve	juega	pide
nosotros/nosotras	queremos	volvemos	jugamos	pedimos

| vosotros/vosotras | queréis | volvéis | jugáis | pedís |
| ellos/ellas/ustedes | quieren | vuelven | juegan | piden |

（四）Presente de indicativo: verbos irregulares　陳述式現在時：不規則動詞

主詞	poner 第一人稱單數 字尾變化成 「go」	hacer 第一人稱單數 字尾變化成 「go」	conocer 第一人稱單數 字尾變化成 「zco」	saber
yo	pongo	hágo	conozco	sé
tú	pones	haces	conoces	sabes
él/ella/usted	pone	hace	conoce	sabe
nosotros/nosotras	ponemos	hacemos	conocemos	sabemos
vosotros/vosotras	ponéis	hacéis	conocéis	sabéis
ellos/ellas/ustedes	ponen	hacen	conocen	saben

（五）Presente de indicativo: verbos irregulares　陳述式現在時：不規則動詞

主詞	decir	estar	ir	ser	venir
yo	digo	estoy	voy	soy	vengo
tú	dices	estás	vas	eres	vienes
él/ella/usted	dice	está	va	es	viene
nosotros/nosotras	decimos	estamos	vamos	somos	venimos
vosotros/vosotras	decís	estáis	vais	sois	venís
ellos/ellas/ustedes	dicen	están	van	son	vienen

gustar			
(a mí)	me	gusta encanta	el libro
(a ti)	te		esta camisa
(a él/a ella/a usted)	le		viajar
(a nosotros/a nosotras)	nos	gustan encantan	las manzanas
(a vosotros/a vosotras)	os		los perros
(a ellos/a ellas/a ustedes)	les		estos trajes

動
詞

解
答

parecer			
(a mí)	me	**parece**	bonito
(a ti)	te		cara
(a él/a ella/a usted)	le		horrible
(a nosotros/a nosotras)	nos	**parecen**	aburridos
(a vosotros/a vosotras)	os		baratas
(a ellos/a ellas/a ustedes)	les		interesantes

doler			
(a mí)	me	**duele**	el estómago
(a ti)	te		la cabeza
(a él/a ella/a usted)	le		el pie
(a nosotros/a nosotras)	nos	**duelen**	los ojos
(a vosotros/a vosotras)	os		las piernas
(a ellos/a ellas/a ustedes)	les		los pies

（六）Pretérito perfecto de indicativo: verbos regulares 現在完成時：規則動詞

主詞	haber （陳述式現在時）	過去分詞
yo	**he**	estudi**ado**
tú	**has**	
él/ella/usted	**ha**	com**ido**
nosotros/nosotras	**hemos**	
vosotros/vosotras	**habéis**	viv**ido**
ellos/ellas/ustedes	**han**	

（七）Pretérito perfecto de indicativo: verbos irregulares 現在完成時：不規則動詞

原形動詞	過去分詞	原形動詞	過去分詞
abrir	abierto	hacer	hecho
decir	dicho	morir	muerto
describir	descrito	poner	puesto

descubrir	descubierto	romper	roto
devolver	devuelto	ver	visto
escribir	escrito	volver	vuelto

（八）Pretérito indefinido: verbos regulares 陳述式簡單過去時：規則動詞

主詞	trabaj**ar**	com**er**	viv**ir**
yo	trabaj**é**	com**í**	viv**í**
tú	trabaj**aste**	com**iste**	viv**iste**
él/ella/usted	trabaj**ó**	com**ió**	viv**ió**
nosotros/nosotras	trabaj**amos**	com**imos**	viv**imos**
vosotros/vosotras	trabaj**asteis**	com**isteis**	viv**isteis**
ellos/ellas/ustedes	trabaj**aron**	com**ieron**	viv**ieron**

（九）Pretérito indefinido: verbos irregulares 陳述式簡單過去時：不規則動詞

主詞	empe**zar**	practi**car**	pa**gar**	dormir	pedir
yo	empe**cé**	practi**qué**	pa**gué**	dormí	pedí
tú	empezaste	practicaste	pagaste	dormiste	pediste
él/ella/usted	empe**zó**	practi**có**	pa**gó**	d**u**rmió	p**i**dió
nosotros/nosotras	empezamos	practicamos	pagamos	dormimos	pedimos
vosotros/vosotras	empezasteis	practicasteis	pagasteis	dormisteis	pedisteis
ellos/ellas/ustedes	empezaron	practicaron	pagaron	d**u**rmieron	p**i**dieron

（十）Pretérito indefinido: verbos irregulares 陳述式簡單過去時：不規則動詞

主詞	leer	decir	traer	dar	ver
yo	le**í**	**dij**e	**traj**e	**di**	**vi**
tú	le**íste**	**dij**iste	**traj**iste	**dis**te	**vis**te
él/ella/usted	le**yó**	**dij**o	**traj**o	**dio**	**vio**
nosotros/nosotras	le**ímos**	**dij**imos	**traj**imos	**dim**os	**vim**os
vosotros/vosotras	le**ísteis**	**dij**isteis	**traj**isteis	**dis**teis	**vis**teis
ellos/ellas/ustedes	le**yeron**	**dij**eron	**traj**eron	**dier**on	**vier**on

主詞	andar	estar	tener	venir	hacer
yo	and**uve**	est**uve**	t**uve**	v**ine**	h**ice**
tú	and**uviste**	est**uviste**	t**uviste**	v**iniste**	h**iciste**
él/ella/usted	and**uvo**	est**uvo**	t**uvo**	v**ino**	h**izo**
nosotros/nosotras	and**uvimos**	est**uvimos**	t**uvimos**	v**inimos**	h**icimos**
vosotros/vosotras	and**uvisteis**	est**uvisteis**	t**uvisteis**	v**inisteis**	h**icisteis**
ellos/ellas/ustedes	and**uvieron**	est**uvieron**	t**uvieron**	v**inieron**	h**icieron**

主詞	poder	poner	querer	saber	conducir
yo	**pude**	**puse**	**quise**	**supe**	con**duje**
tú	**pudiste**	**pusiste**	**quisiste**	**supiste**	con**dujiste**
él/ella/usted	**pudo**	**puso**	**quiso**	**supo**	con**dujo**
nosotros/nosotras	**pudimos**	**pusimos**	**quisimos**	**supimos**	con**dujimos**
vosotros/vosotras	**pudisteis**	**pusisteis**	**quisisteis**	**supisteis**	con**dujisteis**
ellos/ellas/ustedes	**pudieron**	**pusieron**	**quisieron**	**supieron**	con**dujeron**

（十一）Pretérito indefinido: verbos irregulares 陳述式簡單過去時：不規則動詞

主詞	ser	ir
yo	fui	fui
tú	fuiste	fuiste
él/ella/usted	fue	fue
nosotros/nosotras	fuimos	fuimos
vosotros/vosotras	fuisteis	fuisteis
ellos/ellas/ustedes	fueron	fueron

（十二）Gerundio: verbos regulares 陳述式現在進行時：規則動詞

主詞	estar	現在分詞
yo	**estoy**	
tú	**estás**	estudi**ando**
él/ella/usted	**está**	
nosotros/nosotras	**estamos**	com**iendo**
vosotros/vosotras	**estáis**	
ellos/ellas/ustedes	**están**	escrib**iendo**

（十三）Gerundio: verbos irregulares　陳述式現在進行時：不規則動詞

原形動詞	現在分詞	原形動詞	現在分詞
decir	**diciendo**	dormir	**durmiendo**
divertir	divirt**iendo**	morirse	**muriendo**
elegir	elig**iendo**	poder	**pudiendo**
mentir	m**i**nt**iendo**	ir	**yendo**
pedir	pid**iendo**	leer	le**yendo**
reír	**riendo**	oír	o**yendo**
repetir	repit**iendo**	traer	tra**yendo**
sentir	**sintiendo**	vestirse	vist**iendo**

（十四）Imperativo afirmativo: verbos regulares　肯定命令式：規則動詞

原形動詞	tú	usted	vosotros	ustedes
complet**ar**	complet**a**	complet**e**	complet**ad**	complet**en**
leer	lee	lea	leed	lean
escrib**ir**	escrib**e**	escrib**a**	escrib**id**	escrib**an**

（十五）Imperativo afirmativo: verbos irregulares　肯定命令式：不規則動詞

原形動詞	tú	usted	vosotros	ustedes
cerrar	c**ie**rra	c**ie**rre	cerr**ad**	c**ie**rren
encontrar	enc**ue**ntra	enc**ue**ntre	encontr**ad**	enc**ue**ntren
pedir	p**i**de	p**i**da	ped**id**	p**i**dan

原形動詞	tú	usted	vosotros	ustedes
decir	di	diga	decid	digan
hacer	haz	haga	haced	hagan
ir	ve	vaya	ved	vayan
poner	pon	ponga	poned	pongan
salir	sal	salga	salid	salgan
seguir	sigue	siga	seguid	sigan
ser	sé	sea	sed	sean
tener	ten	tenga	tened	tengan
venir	ven	venga	venid	vengan

Respuestas
解答

Lección 1

2.2. Completa las oraciones con el verbo correcto

a. tengo   b. mide   c. salgo   d. empieza

e. conduzco   f. juegas   g. prefiere

2.5. Escucha la presentación de Alejandro. Marca "V" si la oración es verdadera o "F" si la oración es falsa.

> Todos los días me levanto a las ocho de la mañana. Me lavo la cara y los dientes. Me visto y tomo el desayuno un cuarto de hora más tarde. Normalmente, desayuno unas tostadas con café negro. Salgo de mi casa a las nueve. Voy a la universidad a pie y llego a las nueve y veinte aproximadamente. Empiezo las clases de español a las diez y diez. Luego voy a comer con mis compañeros y vuelvo a la universidad a la una y media. Hago los deberes en la biblioteca y vuelvo a casa a las seis de la tarde. Hago un poco de ejercicio o juego al tenis con mi vecino. Ceno a las nueve con mi familia, me ducho a las once y me acuesto a las doce menos cuarto.

a. （F） Se levanta a las siete y media de la mañana.

b. （V） Se viste después de lavarse los dientes.

c. （F） Desayuna a las ocho y media.

d. （V） Normalmente, desayuna unas tostadas y café negro.

e. （V） Sale de su casa a las nueve.

f. （F） Toma el autobús para ir a la universidad.

g. （V） Llega a la universidad a las nueve y veinte.

h. （V） Empieza las clases a las diez y diez.

i. （V） Come y vuelve a la universidad a la una y media.

j. （F） Hace los deberes en su casa.

k. （F） Juega al baloncesto con sus amigos.

l. （V） Cena a las nueve con su familia.

ll. （F） Se acuesta a las doce menos cuatro.

3.3. Practica con tu compañero.

V	E	D	E	J	V	E	R	D	E
I	O	L	A	N	A	N	I	S	R
O	B	A	M	A	R	I	L	L	O
L	L	S	O	R	T	O	S	I	S
E	A	I	L	A	U	E	J	S	A
T	N	Z	E	N	E	G	R	O	L
A	C	J	U	T	E	R	K	H	E
N	O	O	I	L	O	I	S	I	C
N	O	R	R	A	M	S	E	S	A

3.4. Practica con tu compañero.

（1）cocina eléctrica　　　　（2）horno　　　　（3）lavadora

（4）refrigeradora/nevera　　（5）televisión

¡Vamos a preparar el DELE! 一起來準備 DELE 吧！

（1）Ella es mi sobrina. Se llama Andrea.

（2）Ella es estudiante de la Escuela *Mi Patria*. Ella está en tercer año.

（3）Ella está en el Museo Nacional. El lugar es muy grande, moderno y tranquilo.

（4）Ella lleva una blusa, una falda y un abrigo.

（5）Ella tiene un bolígrafo y un cuaderno en su mano.

（6）Ella hace los deberes de la escuela.

¡Vamos a escribir! 一起來寫西語吧！（請選出五個圖案作答）

1. ¿Qué hace Daniel todos los días?

（1）Él desayuna en su casa a las siete de la mañana.

（2）Él sale de su casa a las siete y media.

（3）Él espera el autobús en la parada.

（4）Él llama por teléfono a sus clientes.

（5）Él responde unos correos electrónicos.

（6）Él hace una presentación.

（7）Él come el almuerzo con sus compañeros de oficina.

（8）Él prepara los informes para su jefe.

（9）Él tiene una idea.

（10）Él tiene una reunión con su cliente.

（11）Él escribe un reporte sobre la reunión.

（12）Él vuelve a su casa.

（13）Él cena un filete de ternera.

（14）Él usa el ordenador portátil.

（15）Él se acuesta a las once y media.

Lección 2

2.3. Complete.

B: Mire. <u>Siga</u> todo recto hasta la avenida Libertadores. <u>Gire</u> a la derecha. Luego <u>tome</u> la tercera calle a la izquierda. Va a ver el Parque Central. <u>Cruce</u> el parque y <u>gire</u> a la izquierda.

¡Vamos a preparar el DELE! 一起來準備 DELE 吧！

（1）Yo creo que Sonia está perdida.

（2）Sonia quiere ir a la *Plaza Mayor*.

（3）Sonia le pregunta a una chica que pasa por la calle./Sonia le pregunta a Clara.

（4）Clara le dice: "Siga todo recto. Tome la primera calle a la derecha. Va a ver un parque pequeño. Cruce el parque. La *Plaza Mayor* está a la izquierda."

¡Vamos a escribir! 一起來寫西語吧！

1. Complete.

（1）perdone （2）conozco （3）oye （4）siga （5）salga

（6）sube （7）cambia （8）dice （9）puedes （10）espero

2. ¿Haber, estar, tener?

（1）A: hay B: está

（2）A: hay B: están

（3）A: hay B: están

Lección 3

1.3. Cambia las oraciones a una orden o instrucción.

（1）Busque información sobre la cultura maya.

（2）Pague la cuenta.

（3）Llegue temprano a la oficina.

（4）Practique español con su compañero de universidad.

2.2. Escucha y lee.

Estudiante A

1. Pida las direcciones de los clientes a la secretaria.

2. Escriba las invitaciones.

3. Envíe las invitaciones a los clientes y amigos.

4. Vaya al supermercado y compre las bebidas.

5. Encienda el equipo.

6. Atienda a los invitados.

7. Tome fotos durante la presentación.

8. Devuelva el proyector al Departamento de Contabilidad.

9. Lea los comentarios de los clientes.

10. Escriba un informe sobre la actividad.

Estudiante B

1. Compre unas flores en la floristería.

2. Vaya a la bodega y elija los carteles.

3. Ponga los carteles.

4. Lleve el ordenador portátil al salón.

5. Prepare las tarjetas de presentación.

6. Pague el alquiler del salón.

7. Estudie las propuestas.

8. Haga la presentación.

9. Responda a las preguntas de las personas.

10. Apague el equipo.

3.3. Completa el cuadro.

		imperativo (tú)	imperativo (usted)
1	mirar	mira	mire
2	explicar	explica	explique
3	ir	ve	vaya
4	pedir	pide	pida
5	leer	lee	lea
6	completar	completa	complete
7	adjuntar	adjunta	adjunte
8	entregar	entrega	entregue
9	estar	está	esté

4.1. Responde.

1. Normalmente, pido un visado cuando viajo a otro país.

2. Yo voy a la embajada o en la oficina comercial.

3. Depende del país y del tipo de visa./Sí, hay que pagar.

4. Pide un formulario. Completa la solicitud. Adjunta la fotocopia del pasaporte y una foto. Paga el costo del visado. Entrega toda la documentación.

4.3. Marca la opción correcta.

（1）b （2）a （3）c

4.4. Completa la oración con el imperativo correcto.

a. llegue b. busque c. haz

d. ponga e. atiende/atienda f. di

g. entregue h. venga i. enciende

¡Vamos a preparar el DELE! 一起來準備 DELE 吧！

（1）Ellos están en la escuela./Ellos están en el colegio./Ellos están en la universidad.

（2）El estudiante es joven. Él tiene los ojos grandes, tiene el pelo corto y es delgado.
Una de las estudiantes es rubia. Ella tiene el pelo largo y liso.
La profesora es delgada y bonita. Ella tiene el pelo largo y lleva gafas.

（3）Escribe los deberes./Responde a las preguntas./Piensa en la respuesta./
Lee el texto./Usa el ordenador./Mira la foto./Come un bocadillo.

¡Vamos a escribir! 一起來寫西語吧！

1. Explícale el procedimiento.

Sube al segundo piso. Ve a la taquilla./Ve a la boletería. Mira el horario de los trenes. Compra el billete de tren. Paga con la tarjeta de crédito. Toma los boletos. Lee la información del billete. Ve al andén.

Lección 4

1.3. Completa.

（1）A: me B: te （6）B: la

（2）B: lo （7）A: te

（3）B: lo （8）B: La

（4）B: la （9）B: La

（5）A: me B: te （10）B: Lo

3.1. Mira la foto y escribe el nombre de los productos.

（1）zumo （2）chile （3）pan （4）vino

（5）manzana （6）limón （7）uva （8）leche

5.1. Relaciona los anuncios con un enunciado.

a. 4 b. 5 c. 1 d. 6 e. 2 f. 3

¡Vamos a preparar el DELE! 一起來準備 DELE 吧！

（1）Ella está en el supermercado. Pienso que es un lugar grande, agradable, limpio y con una gran variedad de productos.

（2）Ella hace la compra. Ella va al supermercado todos los fines de semana.

（3）Ella lee la lista de compra. Escribe el precio de los productos. Mira las frutas y las verduras. Ella piensa que las frutas y las verduras están frescas. Ella toma una botella de leche, una barra de pan, un chile y unas verduras. Los pone en el carrito.

（4）Creo que ella vuelve a casa.

¡Vamos a escribir! 一起來寫西語吧！

1. Responde.

（1）Pienso que los productos son mas frescos y baratos.

（2）Sí, hay uno./No, no hay ninguno. Está al lado de la oficina de correos.

（3）Yo hago la compra todos los domingos.

（4）Yo compro una botella de leche, una barra de pan, una lata de atún, un frasco de mermelada de piña y un paquete de arroz.

（5）Ventajas: Los productos son más baratos. Los productos llegan a mi casa directamente. Desventajas: Los productos no son muy frescos.

2. Usa el pronombre personal correcto.

（1）B: la

（2）A: te　　　B: los

（3）B: te la/se la

（4）B: se la

（5）A: le　　　B: pídeselo

（6）B: Se lo

Lección 5

¡Vamos a preparar el DELE! 一起來準備 DELE 吧！

Él no se siente bien. Él está resfriado. A él le duele la garganta y la cabeza. Él tiene tos. También tiene un poco de fiebre. Pienso que lleva dos días así. Él no es alérgico a ningún medicamento. Él prefiere las pastillas. Él tiene que tomar una pastilla después de cada comida. A él no le gustan las inyecciones. Él no puede comer cosas picantes. Él tiene que descansar más.

¡Vamos a escribir! 一起來寫西語吧！

1.Responde.

（1）Ellas están en el gimnasio.

（2）Ellas juegan al baloncesto.

（3）A ella le duele el tobillo.

（4）¿Quieres tomar una aspirina?/¿Estás bien?/¿Desear ir al hospital?

（5）Ellas van al hospital./Ellas van a descansar./Ellas van al aula.

2. Responde.

（1）Sobre la mesa hay unas pastillas, unas cápsulas y una inyección.

（2）Yo prefiero las pastillas o las cápsulas.

（3）Una pastilla tres veces al día./Una cápsula después de cada comida./Una pastilla antes de dormir.

Lección 6

¡Vamos a preparar el DELE! 一起來準備 DELE 吧！

（1）¿Qué me recomienda?/¿Tiene una carta en inglés?/¿Cuál es la especialidad de la casa?

（2）Le recomiendo las chuletas de cordero./Aquí tiene./La especialidad de la casa es la merluza a la romana.

（3）Él ordena un gazpacho y unas chuletas de ternera.

（4）Cristina conversa con sus compañeros de trabajo./Cristina habla sobre su vida. Ellos le preguntan sobre el trabajo./Ellos también hablan sobre su vida.

（5）Sobre la mesa hay unos tenedores, unos platos, unas servilletas y una botella de agua.

¡Vamos a escribir! 一起來寫西語吧！

1. Responda.

（1）Yo salgo a comer fuera con mis compañeros de oficina.

（2）Me apetece comer unos calamares fritos.

（3）Me parece que es un restaurante muy elegante. Además, la comida es deliciosa.

（4）Es que tengo que hacer los deberes./Es que tengo una reunión con mi jefe.

（5）Te recomiendo esta película. Es muy interesante.

（6）No, no tengo ningún plan./Sí, voy a la montaña con mi familia.

（7）No, por separado./Sí, por favor.

（8）Deseo un entrecot de buey a la parrillada.

（9）Tres cuartos, por favor.

（10）Yo llamo al camararero y le digo "Camarero, ¿me trae unos cubiertos, por favor?"

Lección 7

1.4. Complete la oración con el indefinido correcto.

（1）alguien（2）algún（3）nadie（4）algo（5）algunos

¡Vamos a preparar el DELE! 一起來準備 DELE 吧！

（1）Creo que es verano.

（2）Pienso que ellos están en un parque nacional/una playa/una montaña.

（3）Opino que es hermoso, famoso, tranquilo, limpio y turístico.

（4）Me parece que ellos son amigos/compañeros de trabajo/novios.

（5）Una chica es rubia, tiene el pelo largo y los ojos verdes. La otra chica es morena, tiene el pelo rizado, largo y negro. Una de las chicas tiene el pelo castaño, ojos grandes y lleva gafas. Ellos son jóvenes, educados, inteligentes y simpáticos.

（6）Ellos montan en bicicleta./Ellos toman el sol./Ellos miran los animales./Ellos van de campamento./Ellos practican deportes acuáticos.

¡Vamos a escribir! 一起來寫西語吧！

1. Describe a tu pareja ideal y tu amigo ideal.

Para mí, la pareja ideal tiene que ser un poco inteligente, muy generososo, bastante trabajador y ordenado.

2. Completa.

（1）divertida　　　（2）algún　　　（3）nadie　　　（4）ofrezco

（5）nada　　　　　（6）agradezco　（7）excursión　（8）presupuesto

（9）más　　　　　（10）encuentra　（11）traduce　　（12）equivocado

Lección 8

3.1. Mira este clóset. ¿Qué prendas conoces?

Cosas en el clóset			
vaqueros	牛仔褲	sombrero	帽子
blusa	女士襯衫	abrigo	大衣
camisa	襯衫	falda	裙子
camiseta	T恤	vestido	洋裝

5.6. Responde a las preguntas del cliente.

（1）Solo puede llevar tres prendas.

（2）No. La ropa interior no se puede probar.

（3）Deje las bolsas con el dependiente.

（4）No. Solo se permite una persona.

5.7. Practica con tu compañero.

A: ¿En qué puedo ayudarle?

B: Deseo unos pantalones.

A: ¿Qué talla desea?

B: Pues, no sé… Creo que la treinta y dos.

A: Por favor, sígame. Tenemos todos estos colores.

B: Me gustan estos negros y aquellos azules. ¿Me los puedo probar?

A: Sí, claro. Los probadores están en aquel rincón.

B: Disculpe, ¿de qué material están hechos?

A: Sesenta por ciento de algodón y cuarenta por ciento de poliéster.

Unos minutos después…

A: ¿Cómo le quedan?

B: Me quedan un poco grandes.

A: Voy a traerle unos más pequeños.

Unos minutos después…

A: ¿Qué tal le quedan los pantalones <u>negros</u>?

B: Me quedan <u>bien</u>. ¿Cuánto cuestan?

A: <u>Cincuenta y siete con diez</u>.

B: Vale. Me los llevo.

A: ¿Cómo va a <u>pagar</u>?

B: Con <u>tarjeta de crédito</u>.

¡Vamos a preparar el DELE! 一起來準備 DELE 吧！

Foto 1:

（1）Creo que es verano.

（2）Él lleva una camiseta sin mangas, unos pantalones cortos, unos guantes y un casco. La niña del centro lleva una camiseta, unos pantalones cortos, un casco y unos guantes. La niña de la derecha lleva una chaqueta delgada, unos pantalones cortos, un casco y unos guantes.

（3）Creo que las prendas están hechas de algodón y poliéster.

（4）Porque ellos hacen deporte./Porque hoy hace calor.

（5）Ellos montan en bicicleta.

Foto 2:

（1）Me parece que es invierno.

（2）Ella lleva un gorro, unos guantes y un abrigo.

（3）Las prendas están hechas de lana.

（4）Porque hace mucho frío.

（5）Ella habla con el muñeco de nieve.

¡Vamos a escribir! 一起來寫西語吧！

1. ¿Qué está haciendo?

（1）Ella toma un vestido. Piensa que está bastante bonito.

（2）Ella ve las camisas que están en rebajas. A ella le gustan los colores y los estilos.

（3）Ella compra un vestido, una blusa, unos pantalones cortos y un bolso.

（4）Él mira unas zapatillas deportivas. Él desea probárselas.

（5）Ella está en la caja. Ella va a pagar con la tarjeta de crédito.

（6）Ella va a probarse unos zapatos./Ella se va a probar unos zapatos.

（7）Ellas salen del centro comercial./Ellas vuelven a su casa.

（8）Ellas compran muchas cosas en la tienda de departamentos.

（9）Ellos hacen unos selfis después de comprar los regalos en la tienda.

2.4. Lee el diario de Rosa. Completa los espacios.

Hoy (levantarse) me he levantado a las seis y cuarto, (lavarse) me he lavado la cara y (ir) he ido al parque a hacer deporte.

Ahí (toparse) me he topado con dos ex compañeros de universidad. (hablar) Hemos hablado de nuestras vidas y (quedar) he quedado con ellos para el fin de semana.

Luego (volver) he vuelto a casa, (ducharse) me he duchado y (preparar) he preparado unos bocadillos. Después de desayunar, (salir) he salido de casa, (comprar) he comprado el periódico en el quiosco y (tomar) he tomado el autobús.

En la oficina, (tener) he tenido un día muy ocupado. (escribir) He escrito varios correos electrónicos, (buscar) he buscado información sobre los productos de la competencia, le (describir) he descrito las características de esos productos a mi jefe y le (decir) he dicho que vamos a tener una reunión con los clientes mañana.

Después del trabajo, (pasar) he pasado por el correo, (recoger) he recogido el paquete que me (enviar) ha enviado mi amigo y lo (abrir) he abierto. (ser) Ha sido una gran sorpresa, me (regalar) ha regalado un recuerdo de España. Por cierto, lo (poner) he puesto en el salón de mi casa. Mi familia (ver) ha visto el recuerdo y les (gustar) ha gustado.

Después de cenar, (conversar) he conversado y (ver) he visto una película de ciencia ficción. Todavía no (ducharse) me he duchado ni (lavarse) me he lavado los dientes.

2.5. ¿Qué ha pasado? Mira la foto y di qué han hecho y qué no han hecho.

La hija menor ha sacado los juguetes de la caja.

Las niñas han jugado en la sala.

Las niñas han bailado música pop.

La hija menor ha brincado en el sofá.

La hija mayor ha roto algunos juguetes.

El papá ha tocado la guitarra.

La hija menor se ha reído.

Las niñas han corrido por todo el piso.

La hija mayor ha tirado los osos y los globos al piso.

El hija menor ha cantado unas canciones.

La mamá ha limpiado el piso.

Las niñas han gritado.

¡Vamos a preparar el DELE! 一起來準備 DELE 吧！

（1）Me parece que es verano. Hace muy bien tiempo.

（2）Ellos han ido a la playa./Ellos han ido a la montaña.

（3）Ellos han montado en bicicleta y han pasado por diferentes sitios turísticos. Ellos también han hecho piragüismo y senderismo.
El chico de camiseta blanca ha leído información sobre los animales de la zona y ha hecho muchas fotos.

¡Vamos a escribir! 一起來寫西語吧！

1. Doña Ana ha tenido un día inolvidable. Describe lo que ha hecho.

a. Doña Ana ha ido al hospital.

b. Ella ha conversado con su amiga en el parque.

c. Ella ha conducido el coche de su amigo y ha ido al centro comercial.

d. Ella ha bailado con su amigo en la discoteca.

e. Ella ha tomado té con sus amigas.

f. Ella ha pintado un cuadro.

g. Ella ha jugado con sus nietos en su casa.

h. Ella ha hecho gimnasia./Ella ha hecho deporte.

i. Ella ha leído y ha escrito varias cartas.

Lección 10

1.4. ¿Qué hizo Rosa ayer?

1. Rosa se levantó temprano ayer.

2. Ella se lavó los dientes y la cara.

3. Ella desayunó unas tostadas con queso y café caliente.

4. Ella salió de su casa y tomó el autobús en la parada.

5. Ella llegó a la oficina. Empezó a trabajar y escribió algunas cartas.

6. Ella compró un paquete de arroz, una docena de huevos, unas latas de atún y medio kilo de queso en el supermercado.

7. Ella cocinó la cena.

8. Ella aplanchó la ropa.

9. Ella limpió el piso./Ella usó la aspiradora.

10. Ella leyó su novela favorita en el salón.

11. Ella montó en bicicleta.

12. Ella hizo yoga en el jardín.

3.2. Completa la oración con el pretérito indefnido correcto.

（1）navegué （2）aparqué （3）jugué

（4）toqué （5）llegué （6）practiqué

6.2. Completa.

a. me gustó　　b. me dolió　　c. me pareció　　d. me gustó　　e. me encantó

¡Vamos a preparar el DELE! 一起來準備 DELE 吧！

Yo analicé la información.

Yo aprendí unas frases y palabras útiles en español.

Yo aparqué mi motocicleta en el aparcamiento.

Yo le ayudé al profesor.

Yo bailé con mis amigos en el gimnasio.

Yo busqué información en la biblioteca.

Yo canté con mis amigos en el parque.

Yo comí una paella en la casa de mi compañera.

Yo conocí a varios hispanoamericanos.

Yo le di un recuerdo a mi amigo ecuatoriano.

Yo me dormí en la clase de Historia.

Yo escuché un concierto de música andina en el auditorio.

Yo estudié Filosofía con un compañero de Corea.

Yo escribí un ensayo sobre la contaminación.

Yo le entregué la tarea al profesor.

Yo le expliqué Finanzas a un estudiante de primer año.

Yo hablé con el profesor sobre el tema de mi tesis.

Yo hice yoga en el Club de Yoga.

Yo fui a una conferencia sobre la comida peruana.

Yo jugué al baloncesto con mis compañeros.

Yo leí un capítulo de la novela Don Quijote de la Mancha.

Yo monté en bicicleta con mis compañeros.

Yo navegué por internet.

Yo le pedí ayuda al asistente del profesor.

Yo puse los libros en la estantería.

Yo practiqué español con un amigo paraguayo.

Yo preparé una exposición de arte moderno.

Yo respondí a todas las preguntas de mis profesores.

Yo salí con una chica chilena.

Yo tomé unas fotos.

Yo tuve una reunión con mis compañeros.

Yo vi una exhibición sobre la cultura azteca.

¡Vamos a escribir!　一起來寫西語吧！

1. ¿Qué hizo Pablo la semana pasada?

1. Pablo secó el piso.

2. Él limpió el espejo.

3. Él pasó la aspiradora./Pablo usó la aspiradora.

4. Él lavó los platos.

5. Él aplanchó la ropa.

6. Él fregó el suelo.

7. Él lavó la ropa en la lavadora.

8. Él barrió el suelo.

9. Él recogió el polvo.

2.4. ¿Qué hiciste en el correo?

Yo llegué al correo a las nueve y veinte.

Yo hice fila.

Yo esperé unos cinco minutos.

Yo pasé a la ventanilla dos.

Yo le dije al dependiente "quiero enviar esta carta a Taiwán".

Yo compré unos sellos.

Yo pagué los sellos en efectivo.

Yo olvidé escribir mi dirección.

Yo escribí la dirección en el sobre.

Yo puse la carta en el buzón.

Yo fui al apartado postal.

Yo abrí la puerta.

Yo tomé las cartas.

Yo cerré el apartado.

3.1. Lee el anuncio.

（1）Yo puedo encontrar este tipo de anuncio en el periódico.

（2）La compañía vende una excursión a Roatán.

（3）Incluye el transporte, el billete del barco, el equipo de buceo, el paseo por la jungla, la entrada a la playa privada y el almuerzo.

（4）Pienso que es una excursión muy interesante y divertida.

（5）Yo puedo tomar el sol, nadar, bucear, dar un paseo y conocer nuevos amigos.

4.3. Cambia las siguientes oraciones a pretérito indefinido.

a. Mi tía trajo una tarta de fresa.

b. Luis se sentó al lado de María.

c. Mi hermano condujo el coche.

d. Yo me bañé a las 4pm.

4.5. Practica con tu compañero.

Patricia surfeó.

Raúl se bañó en el mar.

Edgar jugó al voleibol.

Javier voló una cometa.

Elena hizo un castillo de arena con su hermano.

5.5. Busca las respuestas en la página web de Cristina.

a. Roatán está en el Mar Caribe y es una de las Islas de la Bahía en Honduras.

b. Este lugar es famoso porque cuenta con el segundo arrecife más grande del mundo.

c. Se alojó en un hotel de cuatro estrellas.

d. Se quedó cerca del hotel. Fue a la playa, se bañó en el mar, tomó el sol, hizo un castillo de arena y probó la comida tradicional del lugar.

e. Tomó una excursión y fue a bucear.

f. Aprendió sobre las costumbres del lugar y bailó Punta.

¡Vamos a preparar el DELE! 一起來準備 DELE 吧！

請按照實際情況回答。

¡Vamos a escribir! 一起來寫西語吧！

1. Haz oraciones.

Yo me alojé en un complejo hotelero.

Yo anduve por la playa.

Yo bailé en la discoteca.

Yo me bañé en el mar.

Yo bebí un coctel en el restaurante del hotel.

Yo canté con mis amigos en la playa.

Yo comí comida tradicional de la zona.

Yo escuché música salsa y merengue.

Yo hablé con unos chicos en la playa.

Yo hice un castillo de arena.

Yo fui a la playa con mis amigos.

Yo jugué al voleibol con mi compañeros.

Yo leí una revista sobre viajes.

Yo monté en bicicleta.

Yo nadé en la piscina.

Yo paseé por la playa.

Yo probé diferentes tipos de comida.

Yo me senté en la arena.

Yo tomé el sol.
Yo vi el atardecer.

2.2. ¿Qué están haciendo los estudiantes?

Sergio está estudiando.

Gabriel está usando el móvil.

Ana está jugando a las cartas.

Alina está conversando con Ana.

Carmen está riéndose.

Juan está jugando al fútbol.

Luis está peleando con Abel.

Miguel está corriendo.

Gloria está haciendo aviones de papel./Gloria está tirando los aviones.

Claudia está viendo el cuadro.

Adrián está durmiendo.

Abel está peleando con Luis.

3.2. ¿Qué está haciendo?

Manuel está paseando por la playa.

Mónica está bebiendo un cóctel.

Ricardo está surfeando./Ricardo está haciendo surf.

Leticia está jugando al voleibol.

Luis está corriendo.

Vicente está tomando el sol.

Carmen y Daniel están comiendo.

Rosa está haciendo un castillo de arena.

Patricia está haciendo una foto.

Clara está buceando.

¡Vamos a preparar el DELE! 一起來準備 DELE 吧！

（1）El agente bancario está contando el dinero.

（2）La pareja (el señor y la señora) están esperando.

（3）El señor está sacando dinero del cajero automático.

（4）La cajera está atendiendo al cliente.

（5）La señorita está leyendo un anuncio.

（6）Ellos están haciendo fila.

（7）El cliente le está entregando el documento a la cajera.

（8）La cajera está usando el ordenador.

¡Vamos a escribir! 一起來寫西語吧！

1. Describe las actividades que están haciendo cada una de las personas de esta compañía.

María está entregando unos documentos./María está viendo a Martín./María está hablando con Martín.

Álvaro está enseñándole el reporte a Teresa./Álvaro le está explicando los puntos más importantes de la reunión a Teresa.

Teresa está viendo una foto./Teresa está escuchando a Álvaro./Teresa y Álvaro están discutiendo el reporte./Teresa y Álvaro están estudiando el informe.

Martín está escribiendo una carta./Martín está buscando información por internet./Martín está pensando en el diseño del producto./Martín está estudiando la propuesta del cliente.

Sonia está leyendo los temas de la reunión./Sonia le está explicando el trabajo a Rosa./Sonia está respondiendo a las preguntas de Rosa.

Rosa está escuchando la explicación de Sonia./Rosa está viendo la foto.

Pablo está usando el ordenador./Pablo está hablando por teléfono./Pablo está completando el formulario./Pablo está conversando con su amigo./Pablo está viendo un video./Pablo está respondiendo un correo.

國家圖書館出版品預行編目資料

AMIGO西班牙語A2 / José Gerardo Li Chan（李
文康）著；Esteban Huang Chen（黃國祥）譯
-- 初版 -- 臺北市：瑞蘭國際, 2022.04
272面；19×26公分 --（外語學習系列；104）
ISBN：978-986-5560-66-9（平裝）
1.CST：西班牙語 2.CST：讀本

804.78   111004549

外語學習系列 104

AMIGO 西班牙語 A2

作者｜ José Gerardo Li Chan（李文康）
譯者｜ Esteban Huang Chen（黃國祥）
責任編輯｜潘治婷、王愿琦
校對｜ José Gerardo Li Chan、Esteban Huang Chen、潘治婷、王愿琦

西語錄音｜鄭燕玲、Marcos De Mingo Molina（毛德銘）、Tomas Esparza Sola（托馬斯）、
　　　　　Michelle Nitsch Palma（倪妍嘉）

錄音室｜采漾錄音製作有限公司

封面設計｜ José Gerardo Li Chan、Esteban Huang Chen、陳如琪

版型設計、內文排版｜陳如琪

瑞蘭國際出版

董事長｜張暖彗 · 社長兼總編輯｜王愿琦
編輯部
副總編輯｜葉仲芸 · 主編｜潘治婷 · 副主編｜鄧元婷
設計部主任｜陳如琪
業務部
經理｜楊米琪 · 主任｜林湲洵 · 組長｜張毓庭

出版社｜瑞蘭國際有限公司 · 地址｜台北市大安區安和路一段 104 號 7 樓之一
電話｜ (02)2700-4625 · 傳真｜ (02)2700-4622 · 訂購專線｜ (02)2700-4625
劃撥帳號｜ 19914152 瑞蘭國際有限公司
瑞蘭國際網路書城｜ www.genki-japan.com.tw

法律顧問｜海灣國際法律事務所　呂錦峯律師

總經銷｜聯合發行股份有限公司 · 電話｜ (02)2917-8022、2917-8042
傳真｜ (02)2915-6275、2915-7212 · 印刷｜科億印刷股份有限公司
出版日期｜ 2022 年 04 月初版 1 刷 · 定價｜ 550 元 · ISBN｜ 978-986-5560-66-9